Fanny Chiarello

UNE FAIBLESSE DE CARLOTTA DELMONT

ROMAN

Éditions de l'Olivier

TEXTE INTÉGRAL

ISBN 978-2-7578-3863-1
(ISBN 978-2-87929-829-0, 1ʳᵉ publication)

© Éditions de l'Olivier, 2013

À mon amie Carole Fives

Papiers

fais-moi monter des citrons et du miel

je m'ennuie à mourir

voyons, qui voudrais-tu que j'invite ? des sourds-muets ?

je le pourrais certainement mais je guérirais moins vite

tu n'es ni médecin ni malade, moi je sens qu'il vaut mieux ne pas parler tant que la gorge me brûle ainsi

que je traîne mon rhume dans les courants d'air ?

c'est encore un soleil froid, je ne me laisse pas abuser

chanter voilà ce que je voudrais

je sais

je ne sais pas ; des magazines peut-être

je n'aime pas les cartes, c'est toujours la même chose

fais-moi monter des magazines

n'importe, des potins sur la vie des princes et des stars ce sera très bien

tu ferais ça ? quel courage, d'autant que je ne souffre pas des yeux

mais autant lire les magazines, dans les livres tout est enrobé de descriptions assommantes

je ne vois pas le rapport

c'est tout l'art du librettiste que de dégager les sentiments et les actions de tout ce fastidieux décorum

toi et tes livres

tant mieux pour toi mais je veux quand même des magazines

MR SAMSON BLACKSMITH   1927 AVR 9
15 GROVE ST, MOUNT KISKO,
NY 10549

PROCUREZ-VOUS SANS TARDER THE WASTE
LAND T.S. ELIOT – V. WHAT THE THUNDER
SAID V.400-410 – C'EST ASSURÉMENT LA POÉSIE
QUE JE CHERCHAIS – ATTENDS VOTRE AVIS
AVEC IMPATIENCE – AFFECTUEUSES PENSÉES
= CARLOTTA DELMONT

Le Petit Journal, édition du jeudi 14 avril 1927

LA CANTATRICE ENROUÉE

Carlotta Delmont chantera enfin *Norma* ce soir au palais Garnier, après une semaine passée dans sa chambre du Ritz à soigner un rhume, et une semaine encore à retrouver toute l'étendue de sa voix. Ce qui pour d'aucuns paraît sans gravité, pour d'autres ne l'est pas, car songez bien qu'enrouée une cantatrice ne sert à rien. Miss Delmont est-elle soulagée de pouvoir enfin honorer ses engagements sur le sol français ? *J'en suis heureuse à plus d'un titre*, nous disait-elle tout à l'heure. *Ne pas chanter, pour moi, c'est comme ne respirer qu'à moitié. Et j'ai hâte de rendre à votre ville tous les égards qu'elle m'a déjà témoignés ! J'ai bien l'intention de lui donner ce soir le meilleur de moi-même.* Miss Delmont sait-elle que le prince de Galles arrive aujourd'hui à Paris ? *Bien entendu. J'ai eu le temps de lire tous les journaux possibles pendant ma convalescence.* Pense-t-elle qu'il viendra l'écouter ce soir ? *J'en serais extrêmement honorée. Le prince a l'air d'un homme exquis.* Nous le lui souhaitons, ainsi qu'au Tout-Paris qui se pressera ce soir aux portes du palais.

Paris, le 14 avril 1927

Mon tant aimé Gabriel,

Quand tu recevras cette lettre, je serai sans doute dans le train pour Milan, encore un peu plus loin de toi. Tu auras déjà appris par la presse que je suis parfaitement rétablie. Ma voix ne porte plus aucune trace de ce rhume terrible qui m'a rendue presque aphone et m'a obligée à laisser ma place, quatre soirs, à une doublure parisienne. J'aurais préféré me casser un poignet que d'avoir la gorge irritée, car j'étais ainsi privée de la seule chose qui me console de ne pas être auprès de toi. Ces quelques jours de silence imposé m'ont plongée dans un profond désarroi, au point que je redoute le jour où mon instrument m'abandonnera définitivement : que ferai-je alors de moi ?

Pendant cinq longs jours, au chaud dans le mobilier Louis XV de ma suite, j'ai erré misérable entre les portes ourlées d'or et les toiles de maître, embarrassée de moi-même comme d'un sac de linge… Je ne me morfondais pas tant de ces rendez-vous manqués avec le palais Garnier que d'entrevoir le jour où, de mes cordes vocales, il ne restera qu'un fil. Aucun bonheur ne saurait durer dans une vie vouée à s'achever, j'en ai conscience, alors autant profiter pleinement de pouvoir être tour à tour chacune de ces femmes terribles ou formidables auxquelles je donne voix, avant que la nature ne reprenne ses droits et ne me condamne aux seuls rôles de mezzo-soprano.

Pour l'instant, je me réjouis de pouvoir oublier ces sombres pensées simplement en me réfugiant dans le chant. J'ai eu raison, tu vois, de refuser toute conversation pendant presque une semaine. Ida prétendait que je faisais trop de manières, c'est qu'elle, toute sa vie ne repose pas sur ses cordes vocales. Mais je serais bien ingrate de me plaindre d'elle, car elle s'est parfaitement occupée de moi pendant ces quelques jours de déréliction. Elle a même fait de cette sinistre circonstance l'origine d'une belle et grande aventure. Figure-toi qu'elle s'est mis en tête de me faire lire des œuvres littéraires et qu'à force de persuasion, elle est parvenue à me plonger dans des ouvrages assez obscurs.

J'ai levé les yeux au ciel devant la prose, et ils n'étaient pas loin de se révulser à la simple idée de la poésie. Mais à ma stupéfaction, un long poème qu'elle m'a lu a résonné très curieusement en moi. Peux-tu croire cela ? Une femme de chambre partageant avec sa prima donna de maîtresse son goût de la poésie, je veux dire de celle que l'on lit ? Moi, la seule poésie que je connaissais, c'était celle de la vie, celle que décrit si bien Mimi dans *La Bohème* :

> *Mi piaccion quelle cose*
> *che han sì dolce malìa,*
> *che parlano d'amor, di primavere,*
> *che parlano di sogni e di chimere,*
> *quelle cose che han nome poesia.*
> *Lei m'intende* * ?

Mais je m'égare encore, je ne voulais pas te faire l'apologie de Mimi mais celle de T.S. Eliot, le poète que m'a lu Ida. Si je t'en parle, ce n'est pas pour te convertir à ton tour, mais parce que j'ai une bonne

---

* J'aime surtout les choses / qui possèdent ce pouvoir magique / et doux d'évoquer l'amour, le printemps, / d'évoquer les rêves et les chimères, / ces choses qui ont nom poésie. / Vous me comprenez ?

nouvelle à t'annoncer. Tu te souviens de la pièce pour voix et orchestre que j'ai commandée à Samson Blacksmith, il y a bientôt deux ans ? Samson tenait à me laisser le choix du texte et je n'avais aucune idée. Au cours du temps, j'avais presque oublié ce projet, tant la tâche me semblait insurmontable. Il s'agissait de trouver, dans la production littéraire du millénaire, la pépite à laquelle je ne souhaiterais rien ajouter ni rien retrancher. Tu connais ma paresse de lectrice, j'ai baissé les bras avant d'ouvrir un livre. Et voilà que cette semaine, la perle s'offre miraculeusement à moi par l'entremise de l'insaisissable Ida. C'est *What the Thunder Said*, un extrait d'un long poème intitulé *The Waste Land*. Dès la dernière page j'ai envoyé un câble à Samson à New York afin qu'il se procure le livre et demande à Mr Eliot l'autorisation de l'adapter. Le texte est paru il y a cinq ans, peut-être n'a-t-il pas encore été mis en musique. Je l'espère de tout cœur. Tu sais combien je rêve de créer un rôle, ou à défaut une pièce lyrique de quelque ampleur.

Tu dois te dire que je suis bien enthousiaste pour quelqu'un qui dit avoir été accablé par de sinistres révélations. C'est que t'écrire me donne presque l'impression d'être près de toi, et que rien ne saurait plus me rassurer. Tu es assis à ma table, dans le bar du Ritz, tu bois le même thé que moi et nous devisons gaiement, sans ordre du jour mais au fil de nos pensées. Ou plutôt, des miennes, puisque je n'ai toujours pas reçu de réponse de toi à ma précédente lettre et que je ne peux donc la commenter. Je ne t'en veux pas. Un si long silence ne te ressemble pas, en particulier quand j'aurais tant besoin de me sentir protégée, aussi je suppose que tu es extrêmement occupé.

Veux-tu que je te parle un peu de Paris ? Tant

d'amis nous en ont dressé un tableau si haut en couleur que je suis bien surprise d'y être en proie à une telle suffocante mélancolie. Mon indisposition et ma peur du silence ne sont pas l'unique explication de cette langueur, il y a quelque chose de plus nébuleux. Je ne devrais pas t'en parler, pour éviter de te causer de l'inquiétude, mais à toi je n'ai jamais rien su cacher. Si je devais te cacher quoi que ce soit, je me sentirais si seule que j'en deviendrais folle. Ce genre de pensée m'assaille parfois, ici, et mille autres tout aussi curieuses et inhabituelles. Peut-être est-ce normal, si loin de chez nous et de tout ce que je connais.

La ville de Paris en elle-même est plutôt belle, bien que tout y soit très vieux, étroit et sinueux. C'est une partie de son charme. Depuis que je suis rétablie, je me lève très tôt pour m'y promener, seule ou avec Ida. Certains matins, la ville s'ébauche à peine sous un lavis grisâtre, la Seine et ses quais, et les bouquinistes sur les quais, et Notre-Dame en arrière-plan comme le spectre d'un château gothique suspendu sur les eaux ; tout ce que je contemple semble irréel, d'une texture cendreuse, les eaux argentées m'appellent. Si je basculais par-dessus le parapet, le fleuve m'engloutirait sans bruit, m'envelopperait comme une brume. Mais d'autres jours, je traverse le jardin du Luxembourg sous un ciel immaculé, les bourgeons des arbres se découpent sur le bleu céruléen avec une netteté surnaturelle, l'air a la luminosité, l'acoustique et le parfum d'un premier matin, et pourtant je sens encore cette étrange solitude comprimer ma poitrine. Je regarde flâner les couples de jeunes élégants mais je suis incapable de partager leur bonheur. J'ai d'abord pensé que ma langueur venait de ce que cette ville se prête si bien à l'amour et que tu es si loin de moi, que c'est simplement du gâchis d'y marcher sans un bras à tenir, sans d'autres yeux que les miens pour embrasser les paysages inaccoutumés qui m'entourent. Ce qui m'étreint n'a pas la nature tant du manque ou de la solitude que d'une nostalgie dont j'ignore l'objet. Tout cela doit te paraître très confus, mais je ne pourrais t'exprimer plus exactement ce qui se joue en moi.

Je te parle beaucoup de solitude, toutefois je n'ai cessé de sortir depuis ma guérison, et j'ai vite rattrapé le temps perdu en matière de mondanités. La société a fourni un divertissement plutôt agréable à ma récente morosité ; c'est qu'on ne s'ennuie pas avec les Français. Mon avis général sur eux n'a guère changé depuis ma précédente lettre. Ce sont dans l'ensemble des gens exubérants, si peu disciplinés que défier l'ordre établi leur est apparemment nécessaire pour s'assurer une forme de reconnaissance. Ils sont également moins puritains que nos compatriotes.

Cependant, je ne les juge pas vraiment libres. Leur vie est compartimentée, leurs affections hiérarchisées. C'est pourquoi nous jouons ici *Norma* et non pas *Tosca*, que la critique locale n'estime guère plus qu'un chant de Noël. D'ailleurs, jamais les journaux parisiens n'annonceraient un opéra ou une symphonie dans leur rubrique divertissements comme le fait le *New York Times*, car ce sont à leurs yeux des spectacles supérieurs aux autres. Un Français n'irait pas écouter *Norma* un soir et voir Skeleton Dude le lendemain au cirque Barnum comme nous le faisons, ou alors il ne s'en vanterait pas. Et j'imagine mal les ménagères d'ici raffoler comme les nôtres de Caruso et d'Al Jolson à la fois. Je ne vois pas pourquoi comparer *Swanee* à *Rigoletto*, ni ce que *Swanee* enlève à *Rigoletto*, mais c'est ainsi. J'exagère peut-être un peu, tous les intellectuels d'ici ne dédaignent pas les spectacles populaires. Mais à supposer qu'ils aiment s'encanailler parfois dans les cabarets, ils peuvent applaudir de tout cœur une chanteuse qui s'y produit et ne pas moins l'affubler des surnoms les plus dégradants.

Quand j'étais jeune fille, ma mère aimait me raconter certaines histoires que je tenais pour des légendes. Je pensais alors qu'elle essayait de me donner une image inquiétante du Vieux Continent. Elle me disait comment les journaux européens avaient commenté les événements musicaux les plus populaires de son époque. Notamment, leur stupeur le jour où Anton Seidl a dirigé un opéra de Wagner à Coney Island pour vingt-cinq cents la place : c'était à leurs yeux comme emmener son épouse prendre le thé chez une femme de petite vie. Et leur clameur horrifiée quand Richard Strauss a joué ses œuvres au quatrième étage de Wanamaker. Qu'un compositeur allemand accepte de se produire dans un grand magasin était injustifiable : il eût fallu se produire au Carnegie Hall, quitte à ne pouvoir accueillir les foules qui se pressaient pour écouter le maître. La presse européenne s'est empressée de vilipender Strauss, le traitant d'épicier, me disait maman. Ces récits, je veux bien leur ajouter foi aujourd'hui, après deux semaines à Paris.

J'ai toutefois rencontré ici des personnages attachants et pour le moins intéressants. Des artistes de toutes disciplines qui spontanément sont venus me saluer dans mon hôtel, ou que m'ont présentés des dames tenant salon. Winnaretta Singer, princesse de Polignac, est l'une d'entre elles, une Américaine amoureuse des arts, en particulier de la musique. J'ai chanté chez elle dès mon rétablissement, accompagnée au piano par un compositeur d'ici, dont le nom ne te dirait rien, et qui écrit des pièces d'une simplicité rafraîchissante.

Mais je t'ai parlé de tout sauf des représentations à venir. C'est que, de ce côté, tout s'annonce bien. La première a lieu ce soir, j'ai les faveurs de la presse, et je ne suis guère habituée à un accueil si unanimement chaleureux. Je dois reconnaître à la France une hospitalité particulière : partout je suis reçue avec les égards que l'on déploierait pour une tête couronnée. D'ailleurs personne ici n'attend de moi un effort surhumain. J'ai repris les répétitions il y a cinq jours déjà, dimanche inclus, et je ne suis pas fatiguée, du moins pas physiquement. À Milan ce sera différent, puisque je devrai alterner des rôles aux tessitures éloignées, ce qui risque d'abîmer ma voix et de m'épuiser, aussi je profite de ce répit, autant que mon affliction me le permet.

J'ai tellement hâte de te serrer contre moi et de sentir combien tu me protèges de tout. J'espère recevoir bien vite ta dernière lettre, qui tarde tant. Je ne t'en fais pas le reproche, je sais que le temps s'enfuit et se met entre nous tout autant que l'espace. À son exacte mesure. Trois mille six cents miles ne sont rien d'autre que du temps, car tu es toujours aussi présent dans mon cœur, tandis qu'il me faudrait six jours de• bateau pour pouvoir me blottir contre toi.

Je dois te quitter, mon si cher Gabriel, Ida me dit qu'il est grand temps de partir pour le palais Garnier, où je chanterai ce soir ma première *Norma* parisienne. Aie une pensée pour moi en ce moment si singulier. J'embrasse cette lettre.

À toi,

Carlotta

CARLOTTA DELMONT   1927 AVR 15
HÔTEL RITZ PARIS

FORMIDABLE DÉCOUVERTE – ME METS AU
TRAVAIL DÈS QUE POSSIBLE – MERCI MA
CHÈRE CARLOTTA – PENSÉES AMICALES
= SAMSON BLACKSMITH

Le Petit Journal, édition du samedi 16 avril 1927

La célèbre cantatrice américaine a disparu. Des avis de recherche ont été imprimés et sont en cours d'affichage dans les rues de la capitale. C'est sa femme de chambre, Ida Pecoraro, qui a donné l'alarme hier. Ayant constaté l'absence de Miss Delmont, qu'elle devait rejoindre dans sa chambre à dix heures, elle a immédiatement alerté le détective de l'hôtel, M. Edmond Dupré. Une fouille complète de l'établissement s'étant avérée infructueuse, Miss Pecoraro et M. Dupré ont téléphoné à l'agent français de la diva, à son accompagnateur, à ses quelques amis et couturiers parisiens, aux chanteurs avec lesquels elle partage la scène, ainsi qu'à Jean Rouché, directeur de l'Opéra de Paris. Aucun d'entre eux ne savait rien qui pût les aider à retrouver la diva, aussi Miss Pecoraro a-t-elle pris la décision d'avertir la police.

Jeudi soir, l'on avait pu enfin acclamer Carlotta Delmont dans le rôle de Norma, qu'elle chantait sur la scène du palais Garnier. Un rhume l'avait empêchée de se produire plus tôt dans notre ville, où elle était arrivée depuis près de deux semaines. Quelques heures avant sa première, elle disait dans nos colonnes son impatience et son bonheur de rencontrer le public parisien. Elle n'a pas été déçue : sa prestation a suscité des ovations prolongées, et Miss Delmont rayonnait de joie.

Son chauffeur l'a ramenée à son hôtel vers minuit, en compagnie du ténor Anselmo Marcat et de Miss Pecoraro. Mr Marcat lui a proposé de dîner avec lui à l'hôtel, mais Miss Delmont a préféré regagner sa chambre. *Elle a mangé très légèrement,* nous expliquait tout à l'heure Ida Pecoraro, *Madame déteste prendre un repas si tard. Ensuite nous avons commenté la soirée en buvant une verveine. Puis Madame a fait sa toilette pendant que le garçon d'étage débarrassait sa table et que je préparais ses vêtements pour le teinturier.*

Était-elle déçue par le déroulement de la soirée ? A-t-elle fait état d'un désaccord avec un autre chanteur, avec le chef d'orchestre ou avec son agent ? *Non, Madame était très satisfaite de sa voix et de l'accueil que lui a réservé le public parisien. À la fin, la scène n'était plus qu'un tapis d'œillets rouges sous ses pieds, et elle a eu six rappels pour elle toute seule ! Quant à l'atmosphère dans les coulisses, elle était détendue, je peux en témoigner. Plusieurs personnalités ont tenu à la saluer, mais Madame était fatiguée et ne les a reçues dans sa loge que très brièvement.*

Ida Pecoraro, qui vit et travaille au domicile de Miss Delmont à New York, l'accompagne dans toutes ses tournées. La chanteuse eût-elle reçu des lettres de menaces ou des témoignages embarrassants d'admirateurs trop assidus que sa gouvernante, à n'en pas douter, eût été dans la confidence. La jeune femme s'est mise à la disposition des services de police pour aider, autant qu'elle le peut, aux recherches. Quant au commissaire, il n'a souhaité faire aucun commentaire à ce stade de l'enquête.

G. L.

MISS. IDA PECORARO   1927 AVR 17
HÔTEL RITZ PARIS

APPRIS DISPARITION DE TA PATRONNE DANS
N.Y.TIMES – SOMMES DE TOUT CŒUR AVEC
TOI – DONNE-NOUS DES NOUVELLES – BAISERS
AFFECTUEUX DE NOUS TOUS = LUISA

À LA RECHERCHE DE NORMA

Vous ne pouvez manquer la couronne de laurier sur la chevelure dont aucun ciseau n'a d'évidence jamais menacé l'intégrité ; quant au maquillage, il attirerait votre regard à des centaines de mètres. Ne parlons même pas de la robe blanche à l'immense traîne liserée de motifs étrusques, ni du serpent d'or qui s'enroule autour du bras gauche, depuis le coude jusqu'à l'épaule : vous les reconnaîtriez dans la pénombre. Et si vous n'êtes pas encore sûrs de votre jugement, demandez à la dame de se cambrer, les bras croisés sur une poitrine conquérante, de se composer un regard courroucé, et cherchez les erreurs. Décidément, l'avis de recherche placardé par les brigades mobiles hier à travers toute la capitale ne risque pas de nous aider à retrouver Carlotta Delmont, à moins qu'elle n'ait revêtu son costume complet de Norma avant de disparaître. La diva ne s'est-elle jamais fait photographier dans une posture normale, en tenue de ville ? On serait en droit de se demander si son absence n'est pas un canular monté par la direction du palais Garnier en vue de mener la plus grande campagne publicitaire jamais orchestrée pour un opéra...

Paris, le 19 avril 1927

Cher Maître,

Vous ne pouvez ignorer le drame qui frappe ici notre troupe. Miss Carlotta Delmont est portée disparue depuis maintenant quatre jours, et l'enquête ne connaît aucune progression significative. Bien que je n'aie pu être d'une grande utilité pour l'instant, je préfère rester sur place jusqu'à ce que toute la lumière soit faite sur cette affaire et, je l'espère, jusqu'à ce que Miss Delmont puisse poursuivre avec nous cette tournée européenne.

Je préfère vous informer de ma décision dès aujourd'hui, de façon que vous puissiez prendre vos dispositions. Je vous aurais prévenu plus tôt encore si j'avais supposé que l'affreux silence de Miss Delmont durerait si longtemps. Cependant, je ne doute pas que vous disposiez à Milan d'une personnalité susceptible d'interpréter Mario et Pollione avec plus de cœur que je ne pourrais en mettre dans les circonstances.

Mon plus grand vœu en ce jour est que tout rentre vite dans l'ordre et que nous puissions, dans deux semaines, présenter nos *Tosca* et *Norma* au public milanais comme il était prévu, sur l'illustre scène de la Scala et sous votre non moins prestigieuse baguette.

Croyez, cher Maître, à mes sentiments les plus cordialement dévoués.

Anselmo Marcat

Paris, le 20 avril 1927

Ma chère Luisa,

Ici les choses n'évoluent pas beaucoup. On parle de draguer le fleuve, mais on en parle surtout pour ne pas se taire. Comme si on allait passer la Seine au tamis, en retirer quelques cadavres et inspecter leurs doigts en quête du diamant de Madame... Mais les échotiers français font bien autant de bruit pour rien que les nôtres, et ils ne supportent pas de laisser filer un jour sans avoir lancé une nouvelle rumeur, un nouveau témoignage d'ivrogne qui, dans la nuit du 14 au 15, aurait vu Madame jouer une scène de *La Somnambule* dans les rues de Paris, la chemise de nuit ourlée de boue, ou buvant dans un cabaret en compagnie d'un sculpteur aux pieds nus. Tout cela me dégoûte. S'il est arrivé quelque chose à Madame, le moins que pourraient faire tous ces gratte-papier serait de ne pas salir sa mémoire. Et s'il ne lui est rien arrivé, de ne pas compliquer les recherches. Moi, je ne veux pas ajouter à la confusion et c'est pourquoi je me tais, mais j'ai ma théorie. Et à toi, ma petite sœur, je peux bien la dire. Ce n'est qu'une piste, et même si elle était avérée et que l'on pouvait la suivre, tout le chemin resterait à faire jusqu'à Madame.

Je peux me tromper, bien sûr. Mais si, comme Madame, j'avais le choix entre Gabriel Turner et Anselmo Marcat, je n'hésiterais pas beaucoup. Je suppose que si j'avais longtemps manqué d'un père autant que Madame, moi aussi je serais attirée par des hommes plus âgés, avec une bonne bedaine rassurante et des actions en Bourse qui me feraient un rempart contre ce monde brutal. Moi aussi, Mr Turner me protège ; pour un patron, il ne manque pas d'attentions. Chez lui je me sentirais comme un membre de la famille si je m'asseyais à table le midi au lieu d'apporter les plats. J'ai des gages confortables, de l'argent de poche quand Monsieur est heureux, des cadeaux à toutes les fêtes, et jamais il n'oublie mon anniversaire. Je ne peux que le reconnaître. Mais je ne parle pas de moi, je pense surtout à Madame.

Au fil des années, on sent des choses. Je ne me contente pas de faire les valises et les tisanes de Madame, de l'aider à s'habiller, se coiffer et se maquiller, je l'écoute aussi, je l'observe. Parfois je me demande si je ne la comprends pas mieux qu'elle ne se comprend elle-même, et c'est justement ce qu'il me semble à propos de Mr Marcat. Moi, j'ai l'intuition qu'il y a un lien entre la disparition de Madame et la cour que lui fait Mr Marcat depuis des semaines. Il a commencé à Londres, il a insisté à Amsterdam, à Berlin c'est devenu presque flagrant et soudain, après une semaine de mauvaises nuits et d'errances silencieuses dans les rues de Paris, Madame disparaît. On me dira fleur bleue, eh bien on dira ce qu'on veut. J'ai mes théories comme tout le monde, et elles ne sont pas échafaudées sur du vent, parce que moi, Madame, je la côtoie au plus près tous les jours que Dieu fait.

Depuis des mois c'est la même histoire. Le mardi, Anselmo Marcat est Mario Cavaradossi et Madame est Floria Tosca ; le jeudi, il est Pollione et Madame est Norma ; le samedi de nouveau, il est Mario et elle Floria, l'amour dont on meurt, pour lequel on se damne. Et lundi, mardi, mercredi, jeudi, vendredi, samedi, dimanche, Mr Marcat fait livrer des fleurs à Madame, rejoint Madame au restaurant, converse avec elle pendant des heures, les yeux pleins de fièvre, pose le genou à terre dans ses beaux pantalons plus chers que ma garde-robe entière, repoussant sa queue-de-pie pour ne pas la froisser, exhale son jeune souffle chaud sur la main de Madame, les cheveux si brillants que Madame pourrait se voir dedans. Il lui parle le langage de la scène ; pour lui comme pour elle, chaque livret d'opéra dit la vérité plus sûrement que la Bible, et qu'aucun historien ne s'amuse à prétendre le contraire. C'est Verdi qui a rapporté au monde l'histoire de Nabuchodonosor, et Norma a sans doute rencontré Jules César.

Qu'on me juge rêveuse, naïve, évaporée, tout ce qu'on veut. Moi, je sens des choses. Les journalistes et les policiers sont sans doute de gros malins, mais aucun d'entre eux ne sait que chaque soir, Mr Marcat et Miss Delmont meurent vraiment. Et ça dure depuis plus de deux mois, à travers l'Europe qui leur sert tout juste de décor. Bien sûr, Mr Marcat n'a pas disparu, lui, je ne dis pas qu'ils ont fui ensemble comme des Roméo et Juliette de vaudeville, je dis que Madame a disparu à un moment particulier de sa vie de femme.

Que racontent les journaux de chez nous ? Tu peux m'écrire au Ritz, malgré l'absence de Madame je suis autorisée à y rester car Mr Turner ne tardera pas à y descendre. Envoie-moi les coupures de presse si tu le peux. Et donne-moi de vos nouvelles, pour apaiser le mal du pays qui commence à me submerger en l'absence de Madame. Embrasse bien tendrement toute la famille de ma part.

Ton Ida

P.-S. : Dis-moi aussi ce que tu aimerais que je te rapporte en souvenir de Paris. Tu dois penser que les circonstances ne se prêtent pas à courir les boutiques, mais au contraire, un peu de futilité ne me ferait pas de mal. Pour tout t'avouer, j'accompagne Mr Marcat à l'Opéra les soirs de spectacle. Il a retrouvé la doublure de Madame que lui avait fournie le palais Garnier pendant l'épisode du rhume, et je peux te dire qu'avec elle, il n'est pas le même Pollione. Une maison d'opéra n'a pas la pureté des histoires que l'on peut y écouter : elle a misé des fortunes sur le succès du spectacle et le ferait jouer sur le cadavre de Madame s'il le fallait. Et moi, j'y assiste tout de même, et en fermant à demi les yeux, je peux voir assez flou pour imaginer que c'est Madame dans le costume de Norma. Sauf quand l'autre dame se met à chanter.

Cavalerie, par Fernand Roussel

La cavalerie de ton rire rue ses pétillements de champagne
en cascade dans le cuivre du pavillon, dans
les notes gracieuses, se roule dans la partition jaune déjà,
bouscule les croches et les soupirs de sorte
que l'aiguille effrayée raye le brillant disque noir.

La cavalerie de ton rire progresse encore et grelottant
emporte le petit animal de tes cheveux
lové sur le papier journal. Le coût
de la vie décroît-il ? De belles Pâques sportives et cinq
jours sans nouvelles de Carlotta Delmont.

La cavalerie de ton rire entre dans l'histoire,
balaie les cheveux, balaie l'impératrice des Sanglots
et les disperse au pied du lavabo mais nul ne s'en aperçoit
trop occupé à vouloir capturer l'aiguille paniquée
sur le disque raffiné mais rayé, raffiné mais rayé
dans la pelote des doigts.

Mr ANSELMO MARCAT   1927 AVR 25
RITZ HOTEL PARIS

TRÊVE DE CAPRICES – NE SERVEZ À RIEN DU
TOUT À PARIS – VENEZ VOUS ÉPANCHER SUR LA
SCÈNE DE LA SCALA – VOUS ATTENDS DANS
CINQ JOURS = ARTURO TOSCANINI

Paris, le 26 avril 1927

Mon adorée Carlotta,

Quand vous reparaîtrez au Ritz, je n'y serai plus. Vous vous demanderez sans doute comment une telle chose est possible, et quel monstre je suis de ne pas rester ici au plus près de vous, dans un air qui a baigné votre céleste personne, porté le halo de votre parfum, et dans lequel je peux retrouver, parfois, le goût de vos baisers. Mais sachez que pour cela je me fais une violence inouïe.

D'abord, Ida m'apprend que Gabriel Turner a embarqué pour la France peu après l'annonce de votre disparition. Il ne tardera pas à venir pleurer ici des larmes légitimes, tandis que je devrai cacher les miennes. Plutôt que de lui dissimuler la profondeur de mon désespoir ou de lui témoigner une sympathie mensongère, je préfère éviter sa compagnie. D'ailleurs Toscanini ne me laisse guère le choix et me rappelle d'un cœur froid les engagements que j'ai pris auprès de la Scala pour notre série de représentations. L'arrivée imminente de Gabriel Turner tranche le dilemme que me présentait le maestro, entre l'art auquel j'ai consacré ma vie et l'amour irrémissible que vous m'inspirez.

Vous n'imaginez pas combien me torture l'idée qu'à votre retour les bras d'un autre homme vous attendront. Et combien Ida va me manquer, à Milan ! Avec elle, je peux parler de vous. Elle vous est extrêmement attachée, et je pense qu'elle aussi a parfois puisé un certain soulagement dans nos discussions. Vous évoquer nous donnait l'illusion que vous alliez dans un instant passer la porte et que la vie reprendrait le cours féerique que

33

vous seule lui impulsez. Mario avec moi vous dit, ma divine, *Da te la vita prende ogni splendore**.

Carlotta, pardonnez les larmes qui tachent cette lettre. Je ne peux les contenir assez longtemps pour vous épargner les traces de mon tourment. Où êtes-vous, Carlotta ? Je ne puis dévoiler aux enquêteurs ce qui vous a tant bouleversée le soir de votre disparition, d'ailleurs je ne puis croire que les deux événements soient liés. Dans mes bras, vous étiez si radieuse, je vous revois abandonnée, les lèvres pâmées et les yeux brûlants, je sens encore leur regard embraser mon âme tout entière. Vous étiez heureuse, je le sais. Mais qui m'écouterait ?

Si j'avouais aux enquêteurs que j'ai quitté votre chambre aux premières lueurs de l'aurore, que je suis le dernier à vous avoir vue, ils penseraient que, ne supportant pas d'avoir été infidèle à Turner, vous vous êtes suicidée. Ils ont déjà évoqué la possibilité d'un suicide, sans parvenir à lui supposer de motif plausible. Ils pourraient facilement clore le dossier s'ils disposaient d'un mobile si vraisemblable que celui-là, et ils se tromperaient.

Eux n'ont pas vu comment vous vous êtes tournée vers moi une dernière fois avant que je ne sorte de votre chambre, ils n'ont pas vu votre regard exalté par l'amour, vos cheveux détachés tombant soyeux sur votre épaule, dans la lumière rosée du petit matin. Eux ne vous ont pas entendue murmurer *À tout à l'heure* d'une voix plus douce que mille caresses. Eux ne pourraient supposer l'infinie volupté qui fut la nôtre cette nuit-là, un bonheur d'une telle intensité que l'on ne pourrait y renoncer, pas même pour mourir. Ils ignorent que le

* La vie n'a de splendeur que grâce à toi.

monde est à peine assez vaste pour étancher votre soif de vie, ils ignorent votre désir constant de l'embrasser de tous vos sens. Ils ignorent qu'une femme comme vous ne meurt pas.

Moi, je vous aime pour cela, et pour tant d'autres raisons que je vous ai dites mille fois, et vous redirai encore de vive voix quand nous nous reverrons enfin. Je ne vis que dans cette attente.

Votre dévoué Anselmo

IDA PECORARO   1927 AVR 26
RITZ HOTEL PARIS

ARRIVE DEMAIN 11H À BORD DU PARIS
– ENVOYER VOITURE PORT LE HAVRE – RÉSER-
VER AVION AUPRÈS CIE GÉNÉRALE TRANS-
ATLANTIQUE = GABRIEL TURNER

Carlotta Delmont avait une liaison avec Anselmo Marcat

GLORIA MARCAT   1927 AVR 27
1212 MULBERRY ST, NEW YORK

SUIS VICTIME D'UNE CABALE JUDICIAIRE – LETTRE SUIT – PAR PITIÉ FAITES-MOI CONFIANCE = VOTRE FILS QUI VOUS AIME TENDREMENT

Paris, le 27 avril 1927

Chère mère,

C'est la chose la plus affreuse qui puisse arriver à
un fils, que de passer pour un monstre aux yeux de
sa mère. J'ose espérer que vous connaissez assez la
clarté de mon cœur pour n'accorder aucun crédit aux
rumeurs infamantes dont je suis aujourd'hui l'objet.

À vous, et à vous seule, je dois la plus grande hon-
nêteté. Ces rumeurs comportent une part de vérité, une
seule, et c'est que je suis épris de Miss Delmont. Est-ce
un péché ? Avant sa disparition, je n'étais rien d'autre
qu'un jeune homme courtisant une jeune femme avec
l'intention de la demander en mariage. Rien qui puisse
heurter la morale, vous l'admettrez. Je n'ignore pas que
Miss Delmont vit en concubinage avec Gabriel Turner
depuis plusieurs années, mais cet aspect de l'histoire
n'est pas de mon ressort, et je refuse que le caractère
choquant de cette relation rejaillisse sur moi, alors
même que je le déplore et souhaite par mes projets
mettre un terme à cette situation.

La pudeur m'empêche de vous décrire plus en détail
les sentiments que j'éprouve pour Miss Delmont, mais
sachez que leur profondeur et leur pureté, s'il était possible d'en faire la démonstration, suffiraient à écarter
toute suspicion à mon encontre. On parle de crime
passionnel ? Moi, je parle d'un amour qui ne peut être
souillé, voué à un être que l'on enveloppe de tendresse
et dont on ne peut imaginer la splendeur froissée par
la brutalité des hommes. Si j'avais fait ce dont on me
soupçonne, je ne serais plus sur terre pour devoir en

rendre compte, je serais devenu fou et me serais tué avant que l'alarme ait été donnée.

Je sais que, même lavée de toute suspicion, mon image sortira à jamais ternie de cette affaire, que l'on m'évoquera toujours comme le ténor qui aurait pu tuer Carlotta Delmont et jeter son corps dans la Seine. Je doute de pouvoir jamais dissiper cette aura de scandale ni m'attirer par le talent autant de notoriété que m'en ont procuré les journaux en relayant, dénaturant et grossissant les quelques éléments sur lesquels la police m'interroge aujourd'hui. Réclamer justice n'effacerait pas de l'esprit collectif cette ombre qui se dessine autour de moi, l'obtenir même n'y suffirait pas ; aucun procès en diffamation, aucun démenti d'aucune forme ne me défera jamais de cette humiliation.

Un inspecteur de police m'a interrogé une bonne partie de la journée. Ce fut une épreuve harassante, mais du moins l'inspecteur Rémy m'a-t-il traité avec plus d'égards que ne l'ont fait ses hommes, deux brutes épaisses et muettes qui m'ont d'abord montré leur insigne puis m'ont mené jusqu'au commissariat sans m'avoir lu mes droits ni donné la moindre explication. Vous pouvez imaginer mon anxiété quand ils m'ont livré à leur supérieur. La suite m'a semblé, par comparaison, presque douce malgré les nombreuses questions indiscrètes que m'a posées Rémy. Il a fallu lui livrer mon cœur, et j'avoue avoir eu bien du mal à refouler mes larmes : quelle est cette justice qui autorise ses officiers à déposséder un innocent de son intimité, de ses rêves même ? J'ai toujours cru que mes rêves m'appartenaient, que l'on ne pouvait être coupable de ses pensées les plus secrètes.

Sans doute, si j'avais montré la plus parfaite soumission, aurais-je pu rentrer à mon hôtel ce soir. Mais la police d'ici estime qu'un innocent ne s'emporte pas, car il a foi en la justice qu'il sait de son côté. Je suis une exception à cette règle douteuse, moi dont toute l'âme se révolte contre de telles méthodes, mais comment pourrais-je le prouver ? Je vais passer la nuit dans une cellule, et vous, ma pauvre mère, vous l'apprendrez demain dans les journaux et penserez que votre fils est un criminel, alors qu'il a juste protesté contre un traitement auquel il n'est pas accoutumé et qu'il ne mérite certainement pas de subir.

Il m'a fallu avouer mon amour pour Carlotta Delmont, le confesser à Rémy comme on le ferait d'un péché à un homme de Dieu. Je n'ai jamais gardé mystère de cette inclination dans les contextes ordinaires de ma vie, et la plupart des chanteurs qui font avec nous cette tournée européenne ont bien vu de quelle dévotion je l'entourais. Qui a cru bon de dénoncer cette dévotion à la police comme un forfait ? Est-ce l'un de mes camarades ? L'incertitude me ronge et la colère s'empare de moi par instants, plus forte encore que la douleur de ne savoir ce qui est arrivé à Carlotta.

Il y a autre chose, qui pourrait aussi bien compliquer la situation que jouer en ma faveur, et comment le prédire ? J'ai préféré me taire. Ainsi, nul ne sait que Carlotta partage mes sentiments. Je ne m'en suis ouvert à personne, car je crains trop les retombées qu'une telle information pourrait avoir sur elle comme sur moi-même. Je redoute notamment la réaction de Gabriel Turner. Il est l'imprésario de Carlotta, ainsi que son aîné de presque vingt ans, et il a un tempérament incandescent, comme l'atteste le peu de cas qu'il fait de l'opinion publique. Peut-être ai-je eu tort de cacher à la police un fait aussi important, mais j'ai perdu confiance dans le jugement des hommes, d'ailleurs en qui n'ai-je pas perdu confiance sinon en vous, ma mère qui êtes si loin de moi ?

Toutes les révélations que je viens de vous faire ont-elles suscité votre colère ou votre réprobation, votre désespoir ou votre compassion ? Cette incertitude, en ce moment où j'aurais tant besoin de vous avoir auprès de moi, me fait frémir. Ce soir je suis seul dans une cellule aux murs de ciment humides, avec pour tout mobilier une tablette fixée au mur, sur laquelle je vous écris, une chaise, un lit à peine plus confortable qu'une planche de fakir et une cuvette exposée au regard. Les moulures, les dorures et les fleurs ont laissé place à un vide aux relents écœurants, traversé de râles dont j'ignore la source, et porteurs d'évocations propres à glacer le sang. Mon esprit a subi le même sac que mon environnement. L'atmosphère confinée frémit de spectres inquiétants et d'ombres fugaces, résonne d'échos inquiétants que je suis impuissant à faire taire : et si Carlotta ? me chuchotent-ils. Ils n'osent finir leur phrase mais le mot tu n'en est que plus terrifiant.

J'aimerais vous parler maintenant de Carlotta. Les journaux la présentent toujours comme une tragédienne, une femme à la sensibilité exacerbée qui s'identifie aux héroïnes auxquelles elle prête sa voix, mais ce n'est faire honneur ni à son art ni à son intelligence que de s'arrêter à cette description, car elle est bien plus que cela. Il est vrai qu'elle est née pour aimer. Il est également vrai que deux éléments l'ont poussée à embrasser une carrière de cantatrice : un attrait particulier pour les histoires d'amour contrarié, et la voix puissante et malléable dont l'a dotée la nature.

Mais Carlotta connaît aussi l'histoire de la musique, et j'ai rencontré peu de chanteuses au goût si affirmé, peu de chanteuses défendant, dans les polémiques sur les œuvres contemporaines qui animent parfois la vie des tournées, une position forte avec tant d'assurance et de passion. J'en ai rencontré encore moins qui, par amour de l'opéra, aient appris le français, l'italien et l'allemand comme l'a fait Carlotta. Combien de chanteuses refusent de chanter dans une langue étrangère, ou se contentent d'articuler des syllabes dont on leur a indiqué le sens global ? Carlotta ne se satisferait jamais de telles approximations, elle qui mesure la charge poétique de chaque mot et lui insuffle toute l'intensité voulue ; elle qui, contre toutes idées reçues, ne voit pas les livrets comme de simples trames narratives. Quant à sa voix, vous savez sans doute, car la nouvelle là-dessus s'est répandue très récemment, quel travail extraordinaire a fourni Carlotta pour la forger, la contraindre, la maîtriser dans ses moindres tressaillements à la manière dont on dresse un cheval fou, dont on lui apprend les raffinements de la vie parmi les hommes. Songez à la folle détermination que requiert un tel travail, et vous aurez une idée du genre de femme qu'est Carlotta. Indépendante comme les femmes de son temps, elle n'a ni leur légèreté ni leur futilité ; elle est, dans tout ce qu'elle entreprend, mue par une profonde ferveur. Telle, ma chère mère, est la femme que j'aime et dont l'absence me met à la torture.

Donnez-moi bien vite de vos nouvelles, et dites-moi que vous aimez toujours, autant qu'il vous aime, votre fils dévoué,

Anselmo

Paris, le 27 avril 1927

Cher Maître,

Je m'étais rangé à vos arguments et je m'apprêtais ce matin à prendre le train pour Milan, mais alors que je finissais mes bagages, deux hommes de la brigade mobile sont venus me chercher à l'hôtel. Ils ne m'ont pas dit un seul mot jusqu'au commissariat. Je les pressais pourtant de questions, terrifié à l'idée qu'ils m'emmenaient peut-être identifier un corps, mais ils ne daignaient pas me répondre. Révolté par ces méthodes honteuses, je me suis sans doute montré un peu combatif. Ne le serait-on pas à moins ? Hélas, j'ignorais que j'allais être interrogé en tant que suspect dans la disparition de Carlotta Delmont.

Une source anonyme prétend que j'aurais eu une liaison avec Miss Delmont, de sorte que la police doit examiner la piste d'un crime passionnel. Je suppose qu'il ne sera pas bien difficile de me disculper, et j'espère que cela ne prendra pas trop de temps. Vous imaginez combien il est odieux d'être accusé d'un crime si barbare, et à quel point je déplore de devoir une nouvelle fois vous demander de me trouver une doublure. Je fais tout pour abréger le supplice qui m'est imposé ici ; j'ai engagé Mᵉ Moro-Giafferi, dont la réputation est excellente. Il n'a sans doute pu sauver Landru, le Barbe-Bleue de Gambais, mais je ne m'inquiète pas, puisque moi, je suis innocent.

Croyez, cher Maître, à mes sentiments les plus cordialement dévoués.

Anselmo Marcat

Paris, le 27 avril 1927

Monsieur,

J'étais à La Closerie des Lilas le soir du 14 avril, accompagné de quelques amis que la gloire n'a pas encore touchés mais dont les stridences picturales, en avance de quelques décennies sur la mentalité bourgeoise et son bon goût sclérosé, finiront bien plus tôt qu'on ne le croit par occuper les cimaises des quelques institutions valables que comptent les capitales du monde. Nous avons bu du champagne offert par un mécène dont je tairai le nom, car s'il devait lire dans vos pages que je le qualifie de gras ignare et imbuvable béotien, esbroufeur à bourse rebondie, sans doute cesserait-il de payer les notes exorbitantes que nous lui laissons six ou sept soirs par semaine à La Closerie, au Bœuf Sur Le Toit ou à La Rotonde. Il devait être une heure du matin, ou peut-être deux, quand la dame qui fait la une des journaux, cette Carlotta Delmont en zibeline et en mal d'émotions fortes s'est opportunément présentée dans notre temple des arts vilipendés. Dès qu'elle a battu des cils sur ses grands yeux sans iris au seuil de la terrasse, nous l'avons conviée à notre table, de même que l'ont fait tous les héros modernes assis aux tables voisines, mais elle s'est installée avec d'autres que nous. Aussi ai-je le regret de vous annoncer que je ne puis vous renseigner sur les dispositions de la dame en cette belle soirée printanière, sur les projets d'avenir proches et lointains qu'elle avait, ni sur la qualité des interlocuteurs qu'elle avait choisis alors. Tout au plus puis-je vous convier, vous et vos nombreux lecteurs, le samedi 7 mai, à partir de cinq heures de l'après-midi, au vernissage d'une exposition réunissant mes œuvres et celles de quelques camarades à La Ruche à partir de cette date.

Bien à vous,

Oleg Darska

Walter Grendel
1425 Walnut Street
Batavia, New York
États-Unis

> M. le juge Constant
> Cour de cassation, Paris

> À Paris, le 28 avril 1927

Objet : témoignage

Je, soussigné Walter Grendel, né à New York le 10 août 1896, demeurant à Batavia, État de New York aux États-Unis, exerçant la profession de chanteur, confrère d'Anselmo Marcat, certifie avoir été le témoin des faits suivants : le samedi 14 avril 1927, je venais d'arriver à l'hôtel Ritz (Paris) quand Mr Anselmo Marcat est rentré de l'Opéra. Il était à peu près minuit. Mr Marcat se trouvait en compagnie de Miss Carlotta Delmont et de sa femme de chambre Miss Ida Pecoraro. Miss Delmont ayant décliné son invitation à dîner, Mr Marcat m'a proposé de l'accompagner au bar de l'hôtel. J'ai accepté et nous avons bu un verre. Un peu après une heure du matin, j'ai accompagné Mr Marcat jusqu'à la porte de sa chambre pour finir notre discussion. Il semblait fatigué et avait l'intention de se coucher.

Je déclare être informé que ce témoignage a été établi en vue de sa production en justice et qu'une fausse déclaration de ma part m'exposerait à des sanctions pénales.

> Walter Grendel

Chère, précieuse Ida,

Jamais je ne ferais de mal à Carlotta, je suis sûr que tu le sais. Je ne t'écris pas pour te demander de témoigner en ma faveur, d'ailleurs je pense que ta parole ne pèserait pas beaucoup plus que la mienne car aujourd'hui la police veut des preuves, des pièces à conviction et non de simples allégations. Je t'écris parce que j'ai horreur de penser que toi, la seule amie qu'il me reste dans cette ville, tu pourrais me prendre pour un criminel.

Il te paraît peut-être saugrenu que je t'appelle mon amie. Nous ne sommes pas intimes, nous n'avons pas le genre de rapports que l'on qualifie ordinairement d'amicaux, mais tu es liée à tant de moments merveilleux que j'ai vécus depuis notre premier jour sur le bateau que je me sens proche de toi. Tu nous as si souvent accompagnés, Carlotta et moi, dans nos promenades, nos sorties au restaurant et dans les cabarets de Londres, de Berlin ou de Paris, ainsi que dans tellement de salons qui nous ont accueillis. Tu n'as pas seulement été la spectatrice de notre intimité, le témoin de mon bonheur, mais une présence chaleureuse. Ces moments n'auraient pas eu la perfection que je leur connais sans ton esprit piquant, ta finesse et ton étonnante connaissance des arts. Je comprends que Miss Delmont et toi ayez une complicité si particulière, et me réjouis d'y avoir été associé toutes ces dernières semaines.

Aujourd'hui, dans mon cachot, ces bons moments sont mon seul réconfort, et il me manque de ne pouvoir en partager le souvenir avec toi comme nous le faisions ces derniers jours. J'espère du moins que tu ne me crois pas capable des atrocités dont on m'accuse à mots voilés, leur suggestion les rendant plus ignobles encore que ne le ferait un chef d'accusation clairement énoncé.

Une fois de plus, un témoin pense avoir vu notre amie le soir du 14 avril. Tu dois l'avoir lu dans les journaux, toi aussi. Mon avocat m'apporte chaque article relatif à notre affaire et je suis dans cette position horrible où chaque nouvelle piste m'apporte autant de soulagement que de tourment. Pour moi, il ne s'agit plus seulement de retrouver Carlotta, il ne s'agit plus seulement de prier pour qu'elle soit en vie et qu'elle aille bien, mais aussi d'être lavé de tout soupçon et de quitter au plus vite ce trou à rats. Sans doute fais-je preuve d'un égoïsme déplacé, mais la moindre chose est que je le confesse. Aujourd'hui, j'espère que ce peintre vient de m'offrir la preuve de mon innocence et la clé de la liberté en même temps qu'il nous a ouvert la voie qui nous mènera jusqu'à Carlotta.

En attendant, je prie pour ne pas avoir perdu ta confiance. Et aussi pour que tu n'aies pas à subir la colère que Gabriel Turner ne doit manquer de nourrir à mon égard ; j'imagine qu'il est auprès de toi au Ritz et je souhaite qu'il ne te prenne pas à partie dans la rivalité qui nous oppose désormais officiellement.

Amicales pensées d'un lieu bien sinistre,

Anselmo Marcat

Le Petit Journal, édition du 27 avril 1927

MARCAT ENTENDU PAR LA POLICE

Nous ignorons toujours la raison pour laquelle Anselmo Marcat est retenu dans les locaux de la police, à Versailles, depuis hier matin. Le ténor américain était sur scène le partenaire de Carlotta Delmont, dans le rôle de Pollione. Est-il plus qu'un témoin dans l'affaire qui depuis plus de dix jours occupe toute l'attention des forces de l'ordre et du public ? Se pourrait-il qu'on le suspecte d'être lié à la disparition de Miss Delmont ? Sur quelles bases ? Les liens de Marcat et Delmont ne seraient pas seulement artistiques ? Autant de questions aujourd'hui sans réponse, le préfet et le commissaire se refusant à tout commentaire.

FAUX REBONDISSEMENT DANS L'AFFAIRE DELMONT

Nous publiions hier une lettre adressée à notre rédacteur en chef par un dénommé Oleg Darska, artiste peintre résidant dans le quartier de Montparnasse et qui prétendait avoir vu Carlotta Delmont à la terrasse de La Closerie des Lilas le soir de sa disparition. Interrogé à ce sujet par la police, le jeune homme d'origine russe est revenu sur sa première déclaration. *J'ai écrit cette lettre sous l'influence de l'alcool*, aurait-il affirmé. Des amis du jeune homme disent en effet avoir passé la soirée du 14 avril avec lui mais nient avoir vu l'ombre de Mlle Delmont à La Closerie des Lilas ou dans aucun des cabarets que le petit groupe a écumés cette nuit-là.

Il semblerait que le seul but du peintre était d'attirer l'attention du public sur son nom et de faire la publicité d'une exposition de ses œuvres qui débute prochainement. Le peintre en est quitte pour une amende que son avocat, Me Moro-Giafferi, est parvenu à réduire considérablement. Le célèbre défenseur des petits criminels a fait valoir que son client n'avait pas menti sous serment, de sorte que sa lettre ne saurait être considérée comme un faux témoignage. *La disparition d'un personnage public ne devrait pas donner lieu à des canulars*, a tempêté le juge. Mais l'avocat ne s'est pas démonté. *Songez à la posture des dadaïstes*, a-t-il dit. *L'art d'aujourd'hui réside dans la volonté et le geste de l'artiste*. Le jeune homme s'en tire à bon compte, et son faux témoignage devient la performance la plus retentissante du mois. Mais cette fausse piste de plus a de quoi désemparer les enquêteurs, ainsi que l'entourage et les admirateurs de la cantatrice, disparue depuis maintenant onze jours.

G. H.

New York, le 29 avril 1927

Ma pauvre chère Ida,

J'ai reçu ta lettre hier et suis soulagée d'avoir de tes nouvelles, bien qu'elles ne soient guère heureuses. Tu me demandes des coupures de presse sur l'affaire qui t'occupe. J'en ai sélectionné quatre qui font un peu plus que retracer les grandes étapes et les faux bonds de l'enquête, que tu connais sans doute mieux que nous. Je les ai découpés dans *Life*, le *Saturday Evening Post*, le *Times* et le *Home Talk Brooklyn Weekly News*. À travers ces articles, je ne peux m'empêcher de me dire que tout de même, ce Mr Turner est un homme bon, juste, et si attentionné envers Miss Delmont. Je sais que tu n'as pas prétendu le contraire, mais ta théorie me serre le cœur, tant il est cruel qu'un amour aussi grand soit supplanté par le physique certes avantageux d'Anselmo Marcat. J'ai vu sa photo dans un magazine et je dois admettre qu'il a de quoi faire soupirer les jeunes femmes romantiques, mais au fond qu'est-ce qu'un physique avantageux ? Je ne suis pas sûre qu'une beauté fanée ne soit pas encore plus triste qu'une beauté qui n'a jamais été.

J'espère que dans dix jours, quand tu recevras cette lettre, cette histoire ne sera plus que du passé, que tu te hâteras de froisser ces articles et de les jeter avant que Miss Delmont ne les découvre. En attendant, sache que nous vivons au diapason de ta douleur. Les nouvelles nous parviennent bien plus vite par la presse que par nos échanges, mais je suppose que si Madame reparaissait, tu nous enverrais au plus vite un télégramme.

Ici, nous allons tous bien. Maman est tombée dans la cuisine la semaine dernière, elle voulait que je ne t'en dise rien pour ne pas ajouter à tes soucis, mais elle va beaucoup mieux maintenant et a repris ses activités presque normalement. Elle n'avait rien de cassé mais un immense hématome l'empêchait de tenir assise et la position allongée lui convenait à peine mieux. Elle en rit à présent, bien que l'hématome désormais jaune n'ait pas fini de la faire souffrir. Gino travaille toujours autant, je ne le vois pas beaucoup. Il rentre, mange et va se coucher. Heureusement qu'il a le sommeil lourd, sinon nos soirées seraient bien silencieuses et monotones. Enfin, je préfère ça que d'avoir un mari buveur comme celui de la cousine Sofia. John grandit doucement, il a perdu sa première dent de lait hier, l'a mise sous son oreiller et a trouvé un soldat de plomb à la place ce matin, tu aurais dû voir sa tête.

En parlant de cadeau, rapporte-moi ce que tu veux de Paris. On dit que c'est la capitale de l'élégance, mais tout doit y coûter si cher, et moi, je n'ai besoin de rien. Alors je te laisse choisir, tu connais mes goûts et l'exploration des magasins te divertira plus encore que ne le ferait la recherche d'un objet particulier. Veux-tu que je t'envoie des livres ?

Ne te laisse pas décourager, et même si tu n'en as pas le cœur, essaie de t'amuser un peu. On entend tant de choses sur les cabarets parisiens, en as-tu vu ? Es-tu entrée dans l'un d'eux ? Tu nous raconteras tout cela bientôt, quand nous fêterons ton retour tous ensemble. J'espère que tu ne restes pas trop seule. Nous pensons très fort à toi, et nous sommes fiers de ton sang-froid. Sais-tu que certains articles parlent un peu de toi ?

Nous t'envoyons tous les cinq notre amour affectueux et maman me demande de te dire qu'elle brûle un cierge chaque jour pour Miss Delmont à St Joseph.

Ta Luisa

P.-S. : Je viens d'apprendre l'emprisonnement de Marcat, au moment où j'allais fermer cette lettre. Quelle affaire, mon Dieu ! Tu dois être dans tous tes états. Penses-tu qu'il pourrait être coupable ?

CARLOTTA DISPARUE

IL MIO MIRACOLO

C'est à Brooklyn, en 1898, que Carlotta Delmonte pousse ses premiers trilles dans l'atmosphère terrestre ; elle est accompagnée par le chant des oiseaux qui célèbrent le sacre d'avril, entre deux tramways tranquilles, en ce dimanche matin lumineux. Le bébé a déjà beaucoup de cheveux, agglutinés sur la peau moelleuse du crâne, et noirs comme ses yeux, deux perles si sombres que l'on en distingue à peine les pupilles.

Premier enfant de la famille, elle est l'objet de toutes les attentions, et son père l'appellera *il mio miracolo* jusqu'à la puberté. Hélas ! le petit frère qui échoit très vite à Carlotta est quant à lui frappé du sceau de la malédiction. Affublé d'une maladie génétique, Rodrigo restera idiot toute sa courte vie. Carlotta nie s'être jamais occupée de lui comme le raconte volontiers sa mère : *J'aimais passer du temps avec lui*, nuance-t-elle, *j'aimais sa compagnie et je n'avais nullement l'impression de l'assister mais simplement de jouer avec lui comme le font tous les frères et sœurs*. Mais à l'école elle ne se fait pas d'amis.

Pour Rodrigo, elle invente de longues histoires aux mille rebondissements. Les comprend-il ? Nul ne le sait, mais l'intéressée le croit fermement. *Parfois, un événement lui déplaisait et je pouvais lire une souffrance sur son visage, alors je me hâtais d'envoyer à mes personnages un* deus ex machina. *Toutes mes histoires avaient une fin heureuse*. Drôle d'entraînement pour la future prima donna qui sur scène connaîtra mille tourments et les destins les plus tragiques.

Carlotta n'a que onze ans quand décède son petit frère bien-aimé, et elle se révolte de toutes ses forces contre cette injustice. Les crises de rage qu'elle multiplie à l'époque étouffent à jamais l'incantatoire *il mio miracolo* dans la bouche paternelle et pendant un temps, la famille craint de voir la jeune fille sombrer dans la folie, comme ce jour où elle découpe avec des ciseaux le manteau d'une camarade de classe. Elle travaille tout un été dans une épicerie pour rembourser le vêtement.

Un monstre sublime

À l'automne suivant, elle n'est plus la même. C'est une jeune fille lessivée par un violent combat intérieur qui entre, sur sa propre initiative, à l'Institute of Musical Art. Ses camarades de l'époque la présentent comme une élève étrange, absente, qui ne s'anime que pour chanter. Carlotta ne se lie guère avec ses pairs, comme si elle les jugeait secrètement coupables de la mort de Rodrigo, *lui dont aucune pensée maligne n'a jamais souillé l'esprit simple*, comme elle le dira de nombreuses années plus tard.

Malgré cette difficulté à se mêler aux autres, Carlotta est vite remarquée par ses professeurs pour ses dispositions naturelles, pour cette voix qu'elle maîtrise avec un rare instinct musical, mais aussi pour son sens du drame. Dès ses premiers contacts avec le grand répertoire, la jeune fille donne corps à ses personnages. C'est d'autant plus remarquable qu'elle chante surtout les seconds rôles qui échoient le plus souvent aux mezzo-sopranos.

Carlotta a treize ans quand son père est emporté par la grippe. Plutôt que de se laisser accabler par ses deuils successifs, elle se met à nourrir une ambition singulière, irréaliste. Et l'on imagine son célèbre œil noir luire de détermination quand elle annonce aux professeurs son intention d'aborder les rôles de soprano. Plusieurs mois après qu'elle la leur a annoncée, ceux-ci acceptent la décision de leur élève, le jour où elle leur fait la démonstration du tour de force qu'elle a préparé chez elle, dans le petit appartement de Brooklyn. Les voisins devaient juger bien curieuses ces vocalises qui, des mois durant, distendirent la tessiture de la jeune fille, comme si elle augmentait la vitesse d'un 78 tours sur son gramophone, le poussant vers les aigus des quatre-vingts tours par minute. Quant aux enseignants, ils ne purent que s'incliner devant le résultat. *Un monstre*, dira son professeur William Thorner, *mais un monstre sublime*.

De Médée à Mimi

C'est pour suivre le Keith Vaudeville Circuit que l'Italienne d'origine supprime le *e* de son patronyme, devenant la Delmont que nous connaissons. Nous sommes en 1913. Pendant quatre ans, Carlotta cohabite dans des pensions de famille avec des danseuses, des trapézistes, des dresseurs, des yodleurs, des tragédiens empâtés et des humoristes aux yeux cernés. Elle ne se fait pas plus d'amis parmi les saltimbanques que n'importe où ailleurs. Elle chante des arias dans tous les théâtres Keith, de la côte Est à la côte Ouest, profitant de chaque passage dans une ville un peu plus grande et plus vivante que Missoula, Montana ou Huntsville,

Alabama pour auditionner dans des salles où se jouent de vrais opéras.

L'opiniâtreté de Carlotta finit par être récompensée, le jour où elle auditionne à Boston pour remplacer à la dernière minute une Marisa Vincent trop malade pour chanter le rôle d'Elvira dans *Les Puritains* de Bellini. Durant une semaine, Carlotta Delmont connaît son premier véritable triomphe. Un soir sur deux, pendant deux actes, c'est une véritable démente que le public écoute. Et celui-ci se divise immédiatement entre ceux que subjugue tant de talent, et ceux qui n'y voient qu'indécence et dénaturation des traditions lyriques dont Miss Vincent est la personnification.

L'opposition de ces deux écoles que représentent Vincent et Delmont perdure encore aujourd'hui, dix ans après. Au fil des ans, elle s'est muée en une rivalité institutionnelle, avec ses cabales, ses polémiques montées dans les journaux et les cénacles, ses prises de position en haut lieu. Ainsi, le président Calvin Coolidge aurait un faible pour Miss Vincent, tandis que Mrs Grace Coolidge raffolerait de Miss Delmont. Question d'affinités ou d'idéologie : la prima donna doit-elle seulement chanter ou faire également montre de qualités dramatiques ? Les avis sont partagés. Notons que les deux sopranos ne se sont jamais affrontées, laissant ce loisir stérile à leurs partisans.

Quoi qu'il en soit, aucun individu de bonne foi ne songerait à nier la place de Carlotta Delmont parmi les plus talentueuses divas du monde. En dix ans, elle a abordé les rôles les plus marquants du grand réper-toire et concouru à remettre au goût du jour quelques œuvres qui n'avaient pas été jouées depuis des décen-nies, montrant en cela plus d'audace et d'intuition que la plupart de ses consœurs. Trente-deux rôles en dix ans, de Médée à Mimi, pour près de mille deux cents représentations, auxquelles il faut ajouter une tournée de récitals en 1925. Tout au long de cette carrière impressionnante, l'imprésario Gabriel Turner a veillé sur les intérêts de Carlotta Delmont. Bien qu'il vive sous le même toit, le couple ne s'est jamais marié, une bizarrerie qui lui vaut l'antipathie de nos compatriotes les plus conservateurs.

L'Amérique réclame sa prima donna

Mais qu'importent aujourd'hui les débats et les questions de mœurs ? Carlotta Delmont a disparu depuis bientôt deux semaines, au firmament de sa gloire.

Gabriel Turner et Vittoria Delmont, mère de Carlotta, ont embarqué sur le transatlantique S. S. *America* pour rejoindre la fidèle gouvernante de Miss Delmont, Ida Pecoraro, à l'hôtel Ritz de Paris. *Moins pour nous rendre utiles que pour être aux premières loges quand Carlotta reparaîtra*, disent-ils, lucides. *J'ai hâte que Madame quitte la rubrique des faits divers pour retrouver la place qu'elle mérite dans les meilleures pages des journaux*, déclare quant à elle la jeune femme de chambre. L'Amérique joint ses vœux aux siens, l'Amérique réclame sa prima donna. Il n'est pas jusqu'à Marisa Vincent qui n'ait témoigné toute sa sympathie à l'entourage de sa rivale dans ce moment douloureux.

J. K.

Nos lecteurs se souviennent sans doute du scandale de *Wozzeck* qui, l'année dernière, a secoué le petit monde de l'opéra. Carlotta Delmont avait tant souffert de la cabale dont elle avait été la cible que Gabriel Turner avait pris sa défense dans nos pages. Nous reproduisons aujourd'hui sa lettre du 13 février 1926, qui constitue également un émouvant hommage, par celui qui est à la fois son imprésario et son compagnon, à une femme d'exception.

L'IMPRÉSARIO DÉFEND SA COMPAGNE

LETTRE OUVERTE AUX CONTEMPTEURS DE CARLOTTA DELMONT

J'aimerais adresser ici quelques mots aux bruyants détracteurs de Carlotta Delmont, ou devrais-je dire aux thuriféraires de Marisa Vincent ? Rien ne devrait opposer deux cantatrices qui, grâce à l'alternance des œuvres présentées au Met, se partagent la scène sans jamais se croiser et ne se nuisent ainsi en aucune manière ; qui bénéficient chacune d'une loge personnelle, de sorte qu'elles sont dispensées d'y chercher un soir sur deux les traces de l'autre ; deux cantatrices, enfin, dont les approches de l'art lyrique sont si différentes qu'elles ne sauraient se concurrencer. Rien ne devrait les opposer si des spectateurs irrespectueux ne tâchaient de les dresser l'une contre l'autre. Elles-mêmes en sont-elles jamais venues à se manquer de respect ? Pas que je sache.

Au contraire, Carlotta Delmont et moi avons bien souvent applaudi Miss Vincent les soirs de première.

Quant à Miss Vincent, à défaut d'applaudir sa supposée rivale, elle n'est jamais venue l'écouter et ne peut donc être soupçonnée d'avoir monté une cabale contre elle. Qui songerait à critiquer ce qu'il ne connaît pas, à moins d'être aveuglé par l'orgueil ? Or, je ne puis envisager qu'une artiste se laisse aller à de si méprisables penchants, et il me faut écarter l'hypothèse d'une responsabilité de sa part dans le harcèlement dont est victime Carlotta Delmont. C'est pourquoi je ne m'adresse pas ici à la chanteuse mais à ceux d'entre ses amis qui s'amusent à éprouver la santé de Miss Delmont.

Je n'ignore pas que les plus grands artistes sont les plus exposés à la curiosité malsaine, à la jalousie et aux commentaires déplacés du public, et il ne fait aucun doute, même pour ses plus ardents opposants, que Miss Delmont fait partie des plus grands. Artur Bodanzky, directeur musical du Metropolitan Opera, aurait dit : *Ne me parlez pas de Rosa Ponselle et de Carlotta Delmont comme de chanteuses. Ce sont des prodiges.* Toutefois, je l'admets, celle que la presse aime appeler *l'impératrice des Sanglots* est loin de faire l'unanimité. Quand le public et la critique acclament en chœur la Ponselle, quand les prestations de cette idole ne font aucun remous, les avis divergent passionnément sur l'art étrange qu'est celui de Carlotta. À cette étrangeté, je peux avancer au moins deux raisons.

La première tient aux fameux sanglots dans lesquels culminent les grands airs de la diva, non pas des sanglots joués comme ils le seraient au théâtre, mais des phénomènes acoustiques qui surgissent d'un phrasé maîtrisé à l'extrême avec toute l'apparence de l'inopiné. Si certains sont parcourus par un frisson sublime quand ces vibratos se font si douloureux, d'autres en ressentent un désagréable malaise, d'autres encore manifestent leur exaspération. Plus accoutumé à des interprétations d'une académique platitude, le public ne peut accueillir sans émoi la folle intensité qui est la marque de Miss Delmont.

La deuxième raison est moins connue du grand public. La soprano que vous connaissez n'est autre, à l'origine, qu'une mezzo-soprano ; mais la mezzo se rêvait prima donna au point de forcer sa voix dès le plus jeune âge. Ce faisant, comme certaines Chinoises se bandent les pieds pour les empêcher de grandir, Carlotta Delmont allait contre la nature. Elle ne pourra sans doute pas chanter longtemps ces grands rôles de femmes écorchées, amoureuses légendaires et vénéneuses, pour lesquels elle a sacrifié sa tessiture naturelle, elle le sait. Mais devant quel sacrifice reculeraient les personnages qu'elle incarne avec une étourdissante vérité, ces femmes qui par amour peuvent tuer et se tuer ?

S'il n'est pas étonnant que les spectateurs soient profondément bouleversés par les performances de Carlotta Delmont, je déplore que ses contempteurs ne sachent contenir le trop-plein de leurs émotions. Comme la dévotion, la réprobation devrait se conserver pudiquement dans l'intimité du cœur. Par ailleurs, pour mieux entendre la voix que l'on juge, il conviendrait de moins la couvrir par de disgracieuses clameurs. Et pour finir, songez combien les femmes qui chantent pour nous se mettent en danger, et combien elles mériteraient pour cela notre gratitude ou, à défaut, notre révérence.

Il m'arrive certains matins de trouver une Carlotta affaiblie dans sa salle de musique. C'est qu'elle a chanté la veille et que, pour donner vie à son personnage, elle a dû affronter votre petite armée de haine. Mais pour elle, ce lendemain de bataille est encore un jour de travail, car jamais son héroïsme n'est récompensé par le repos. Telle est la dure vie d'une cantatrice, dont la voix réclame de bons soins quotidiens sous peine de s'émousser. Et ces matins où, pâle d'avoir cherché le sommeil dans l'écho de vos huées, Carlotta Delmont sourit à son accompagnateur et, debout près du piano, exerce sa voix si précieuse, je pense à vous avec une rage froide. À vous qui, revenus au confort de votre vie sans talent, avez déjà oublié qu'une femme aime, qu'une femme souffre, dans le costume de ces légendes que sont les Aïda, les Norma, les Elvira et les Lucia di Lammermoor.

C'est cette rage dont je veux aujourd'hui me délester en même temps que je vous ouvre ici mon cœur, à vous qui n'aimez pas Carlotta Delmont, à vous qui aimez la tourmenter. Je remercie le *Saturday Evening Post* de m'en laisser la possibilité. Carlotta Delmont chante pour vous, et j'espère qu'un jour très proche viendra où, enfin, vous vous tairez pour elle.

Gabriel Turner

New York Times, édition du 24 avril 1927,
Courrier des lecteurs

LA CARLOTTA QUE JE CONNAIS

Carlotta Delmont n'est pas seulement l'une des plus grandes chanteuses lyriques avec lesquelles il m'ait été donné de travailler, mais également une amie précieuse et fidèle, prête à monter au créneau pour défendre ceux qu'elle aime. Elle me l'a montré à plus d'une occasion. Ainsi, à un critique dont le nom importe peu et qui mettait en pièces avec autant de minutie que de cruauté ma première symphonie, créée la veille au Carnegie Hall, Carlotta répondit le lendemain par une lettre ouverte dont je peux encore citer certaines phrases des années après, de ces phrases simples et sans détour qu'affectionne Carlotta dans les débats d'idées.

Qualifiant ma musique de *facile, racoleuse et ana- chronique en l'an 12 après le* Pierrot lunaire, l'auteur de l'article se demandait comment *un jeune homme âgé d'à peine trente ans [pouvait] recycler des principes mélodiques, harmoniques et rythmiques appartenant à la préhistoire et, sans honte, les présenter aux oreilles exigeantes du public moderne.* Il citait ensuite un certain nombre de compositeurs contemporains plus à son goût.

Le lendemain, quelle ne fut pas ma surprise quand je lus dans le même quotidien une lettre enflammée de Carlotta ! Elle y fustigeait l'attitude de certains critiques aux trop strictes obédiences. *Pourquoi la musique de Samson Blacksmith ne pourrait-elle cohabiter dans les salles de concert avec celle de compositeurs avant- gardistes,* interrogeait-elle, *puisque l'étude des pro- grammes montre que les orchestres ne négligent ni l'une ni l'autre ?* Elle défendait ensuite mon *art généreux, sachant parler au cœur d'un public que l'approche cérébrale de la musique laisse de marbre, car ce public existe aussi.* Elle finissait par s'étonner qu'un journal connu pour ses sympathies communistes fasse *l'éloge en creux d'un élitisme culturel.* Négligeant le jargon technique qu'affectionnent les critiques, auquel elle est pourtant rompue depuis bien longtemps, Carlotta formula ses impressions avec la fougue innocente d'une auditrice comme les autres, sans affectation. C'est sans doute cette simplicité assumée qui lui vaut l'incompréhension d'une partie de la presse.

La plupart des critiques n'attendent pas d'une femme, en particulier d'une chanteuse, qu'elle ait de la musique une approche intellectuelle ou érudite. Parmi les autres, certains considèrent Carlotta comme une jeune femme que seuls les penchants fleur bleue ont amenée à l'art lyrique, oubliant un peu vite que le vaudeville et la chanson populaire auraient alors pu la combler à moindres frais. Par chance, Carlotta trouve aussi dans les revues et les journaux quelques soutiens prestigieux, capables de voir en elle une artiste qui ne laisse pas sa science entamer sa sensibilité. *Quelle honte y a-t-il à ce qu'une pièce musicale suscite des émotions ?* demandait la diva dans sa lettre ouverte.

Il me tarde qu'une telle fraîcheur revienne tempérer les esprits, si prompts à s'échauffer, qui règnent sur la musique savante de notre pays. Il me tarde surtout de revoir une amie très chère.

Samson Blacksmith

UNE BOHÈME DE CARLOTTA

À lire la presse internationale cette semaine, on croirait que la cantatrice Carlotta Delmont a été victime d'un phénomène occulte, ou d'un tour de prestidigitation trop bien réussi. Moi, je suis prêt à vous parier que l'explication est très simple, peut-être un peu tortueuse, mais bien moins que celle du *Double assassinat dans la rue Morgue*. Dans la nouvelle d'Edgar Allan Poe, il s'agit de deux cadavres découverts dans une maison fermée de l'intérieur, tandis que Miss Delmont a disparu d'un hôtel ouvert aux quatre vents, avec ses portes à tambour sur la place Vendôme, et d'autres à l'arrière du bâtiment pour l'entrée du personnel et les diverses livraisons. Il y a bien des manières de sortir d'un si grand hôtel entre une heure et dix heures du matin.

Sans s'aventurer dans les parties de l'établissement que protège un panneau PRIVÉ, Miss Delmont pourrait très bien être sortie sur la place Vendôme au bras d'un homme dont les larges épaules l'auraient cachée à la vue du portier. Ou elle pourrait en être sortie seule, elle que l'on sait capable de se faire passer, devant les publics les plus pointilleux, pour une Japonaise ou une princesse chinoise, vêtue en Cio-Cio-San ou Turandot ; elle pourrait avoir franchi la porte principale dans un déguisement moins oriental que les précités – quoique l'on vienne au luxueux Ritz de partout dans le monde – pour échapper à l'attention des employés. Ou elle pourrait avoir quitté l'hôtel sans en faire mystère, un peu agacée que personne ne réponde à son bonsoir, ni le réceptionniste répondant au téléphone, ni le portier parti aider une vieille cliente à descendre d'une voiture trop profonde ; quant au garçon d'ascenseur, il l'aurait saluée aussi poliment que mécaniquement, la confondant comme presque tous les jours avec cette autre riche Américaine aux yeux noirs, qui occupe la chambre 212. Ces ébauches ne ressemblent-elles pas étrangement à la vie, avec leurs concours de circonstances, leurs angles morts et leur part d'extravagance ?

Vous me direz, mais qu'est-ce que Carlotta Delmont allait chercher à une heure si tardive, que le Ritz n'aurait pu lui fournir ? Je vous propose une réponse, une seule parmi des centaines de réponses possibles. Je ne prétends pas qu'elle soit juste, mais je veux montrer ici qu'il n'est pas si compliqué d'élaborer une théorie tout à fait réaliste pour tenter d'expliquer cette disparition. Comme celle-ci.

Carlotta Delmont est allée chercher dans les rues de Paris ce que le Ritz ne pouvait lui proposer, de même qu'elle est allée chercher dans l'opéra ce que la vie ne pouvait lui offrir. Une exaltation si forte qu'elle lui ferait oublier sa condition de mortelle et le caractère éphémère de toutes choses. L'opéra n'est-il pas depuis l'âge tendre le refuge de la si belle Carlotta ? Songez qu'il lui donne la possibilité de devenir chaque soir quelqu'un d'autre, de redécouvrir chaque soir les scintillements les plus ardents de la passion amoureuse, de recevoir chaque soir des serments plus profonds et plus poétiques que n'en réserve jamais une vie de femme. Elle qui incarne les héroïnes les plus romantiques comme aucune cantatrice avant elle ne l'avait fait, jusqu'au dédoublement de la personnalité, vit avec un gentil vieux monsieur mais tient chaque soir les mains du ténébreux Marcat dans les siennes pour évoquer devant des salles combles l'heure où *unis dans les sphères célestes [ils se dissoudront] au-dessus des flots, au soleil couchant, dans un nuage léger*.

Est-il si invraisemblable que cette même Carlotta Delmont ait fui délibérément le paradis figé du Ritz pour plonger dans les excès de la bohème parisienne, sans doute effleurée au cours de son séjour ? Avant de draguer les fleuves, de sonner le glas et de décréter un deuil national, peut-être mes confrères feraient-ils bien de se promener un peu à Montparnasse, de s'introduire incognito dans les ateliers d'artistes et les cafés, vêtus de leur plus belle veste tachée de peinture à l'huile pour se fondre dans la foule. Qui sait s'ils n'y découvriraient pas une héroïne nouvelle dans un décor plus vaste qu'elle n'en a jamais connu ?

Herb Obermayer

Paris, le 29 avril 1927

Mr Marcat,

Je vous suis bien obligée de tout ce que vous m'écrivez, et surprise que vous vous souciiez de ce que je pense. À ce sujet, je ne puis que vous rassurer : pas un instant je ne vous ai cru coupable de quelque violence que ce soit envers Madame. Je n'ai pas manqué de m'en ouvrir à la police mais, comme vous l'avez bien supposé, mon avis ne compte pour rien dans une enquête criminelle et ma déclaration ne vous a été d'aucun secours.

Je devine que vous vous inquiétez de l'état d'esprit dans lequel se trouve Mr Turner depuis les dernières révélations parues dans la presse. Vous ne devriez pas vous en soucier outre mesure. Monsieur reste très digne dans la situation qui est la sienne. Il refuse de parler aux journalistes, propose à la police toute aide possible de sa part, et n'émet jamais le moindre commentaire désobligeant à votre encontre ou à celle de Madame, du moins jamais en ma présence. Je crois qu'il accepte cette nouvelle épreuve avec courage, et peut-être aussi avec une certaine résignation. Je suis surtout persuadée qu'il lui importe par-dessus tout que l'on retrouve Madame saine et sauve. Sans doute, quand cela sera le cas, s'inquiétera-t-il des dessous de l'histoire, mais pour l'instant il est tout aux recherches.

Je crains que d'être enfermé sans divertissement possible ne vous contraigne à des interrogations aussi douloureuses que stériles. Si je peux vous faire parvenir des livres, des cartes ou quelque autre distraction, dites-le-moi sans attendre.

Votre dévouée Ida Pecoraro

Le Petit Journal, édition du 1er mai 1927

D'après un informateur, Anselmo Marcat aurait été arrêté sur une dénonciation anonyme. Interrogé par la police, il aurait avoué des sentiments plus que confraternels pour la diva disparue. Rien a priori qui puisse être retenu contre lui, direz-vous, mais l'agressivité dont le ténor a fait preuve envers les policiers n'a manqué d'attirer leur attention, et d'attiser leurs soupçons. *Son incontrôlable nervosité nous a laissé penser qu'il n'avait pas l'esprit tranquille*, signale notre informateur. *C'est pourquoi nous avons lu son courrier. Nous en avons le droit même si nous ne le faisons pas systématiquement. Notre intuition s'est avérée juste, puisque nous avons découvert que Mr Marcat nous cachait des informations importantes.* Dans une lettre adressée à sa mère, le jeune homme affirme en effet que Carlotta Delmont partage ses sentiments. Rien n'indique en revanche que cet amour ait été consommé.

Qu'a-t-il pu se passer entre les deux chanteurs ? C'est ce que l'inspecteur Émile Rémy tentera aujourd'hui d'apprendre au cours d'un nouvel interrogatoire. L'alibi de Marcat n'est guère convaincant et atteste seulement que, la nuit du 14 au 15 avril, le ténor a regagné sa chambre un peu après une heure du matin. Y est-il resté ? Nul ne le sait. Aucun témoin ne s'est manifesté, qui l'aurait vu dans les couloirs du Ritz entre une heure et dix heures du matin. Si elle ne peut se fier à la seule parole de Marcat, qui s'est montré coupable d'une grave omission, la police sera bien embarrassée de prouver qu'il a rejoint Miss Delmont, si telle est sa conviction.

Aucune des thèses évoquées depuis le 15 avril ne peut être réfutée pour l'instant, ni celle du suicide ni celle du crime passionnel. Rappelons que Carlotta Delmont vit en concubinage avec son imprésario, Mr Gabriel Turner, depuis près de dix ans. A-t-elle menacé de quitter son amant ? Celui-ci a-t-il commis l'irréparable dans un mouvement de fureur ou de désespoir ? Ou bien la plus grande tragédienne du monde a-t-elle fui les affres de la mauvaise conscience dans les eaux de la Seine ? Ou bien encore a-t-elle sombré dans la folie comme tant des héroïnes qu'elle incarne, Elvira, Imogène ou Lucia ? Quoi qu'il en soit, la police ne doute plus aujourd'hui qu'Anselmo Marcat détienne de précieuses informations. *Il parlera*, assure notre informateur avec un sourire entendu.

G. L.

Le Petit Journal, édition du 27 avril 1927

UN MILLION D'HECTARES INONDÉS
AUX ÉTATS-UNIS
LE MISSISSIPPI RAVAGE 7 ÉTATS ET CHARRIE DES CENTAINES DE CADAVRES.
60 000 fermes détruites.
Les dégâts s'élèvent à 25 milliards.

Le Petit Journal, édition du 28 avril 1927

UN COIN DE VIEILLE FRANCE AUX ÉTATS-UNIS
DANS LA NOUVELLE-ORLÉANS MENACÉE PAR LES EAUX.

Le Petit Journal, édition du 29 avril 1927

LA CRUE DU MISSISSIPPI POSE UN CRUEL DILEMME
SAUVER LA NOUVELLE-ORLÉANS, C'EST SACRIFIER 30 000 HECTARES DE CULTURES.
Les planteurs et les nègres s'arment pour lutter
contre la rupture des digues annoncée
pour aujourd'hui.

Le Petit Journal, édition du 30 avril 1927

LES EAUX DU MISSISSIPPI À L'ASSAUT
DE LA LOUISIANE
LA NOUVELLE-ORLÉANS
SERA-T-ELLE SAUVÉE ?
On a fait sauter la digue de Poidras,
située à 20 kilomètres
en aval de la ville, mais ce moyen extrême
sera-t-il efficace ?

Le Petit Journal, édition du 1er mai 1927

MALGRÉ LE SACRIFICE DE SA DIGUE
LA NOUVELLE-ORLÉANS
EST TOUJOURS EN PÉRIL.

Le Petit Parisien, édition du 2 mai 1927

UN 1er MAI ENSOLEILLÉ ET PAISIBLE

(…)

LA FORMIDABLE CRUE DU MISSISSIPPI
LA NOUVELLE-ORLÉANS PARAÎT
MAINTENANT HORS DE DANGER.
On a pu, en effet, élargir la brèche pratiquée
dans la digue de Poydras.

(…)

OÙ ÉTAIT PASSÉE LA DIVA ?
CARLOTTA RETROUVÉE !
Elle s'est présentée à des policiers
devant la gare Montparnasse,
les cheveux coupés court.

Confidences

Carlotta,

Je n'étais pas venu à Paris depuis le décès de ma femme, il y a bientôt vingt ans. Par souci d'élégance, je n'avais encore jamais évoqué ma femme en ta présence, mais les derniers événements ont fait basculer notre relation dans une nouvelle ère, une ère de maturité où ces courtoisies ne sont plus de mise, aussi permets-moi de te parler un peu d'elle. Ma dernière visite à Paris date de 1908, alors que Martha n'était pas encore malade. Ou plutôt, elle l'était, mais nous ne l'apprendrions qu'à notre retour.

Après la mort de Martha, j'ai associé Paris à un âge d'or mythique, à des images de bonheur qui cachaient, je le savais désormais, une vérité aussi brutale que macabre. Dans les yeux émerveillés de Martha, j'avais vu se refléter les bords de la Seine, les jardins et les bateaux miniatures glissant sur les bassins, leurs voiles blanches enflées de lumière, les dorures des théâtres, le clair-obscur des caboulots, et parfois la boue du ciel que perçait un soleil paresseux ; à tout cela, et à tout le reste, les yeux de Martha avaient dardé leur gratitude. Elle avait le don de la vie, elle avait promené doucement ce don dans les rues de Paris ; et tous ceux qui l'avaient croisée s'étaient ouverts à sa tendresse et avaient contemplé avec elle le foisonnement du monde, l'agencement des innombrables détails qui font sa beauté. Aucun de ces inconnus n'aurait alors pu croire, pas plus que nous, qu'un mois plus tard Martha ne participerait plus à la magie de ce tout, n'en serait plus la pétillante orchestratrice.

Après sa mort, j'ai adoré Paris en même temps que je l'ai, tout autant, haï. Me rappeler Martha dans la lumière humide du printemps, la revoir tourner vers moi son visage de porcelaine sous sa capeline champagne aux torsades de velours bois de rose, revoir le sourire de ses lèvres assorties, un sourire si pur que rien ne semblait pouvoir altérer jamais sa plénitude, revoir sa délicate silhouette dans le dessin des feuillages que le soleil projetait autour de nous, sa peau tendre et pâle, gorgée de rosée comme un pétale de rose à peine éclose, je n'aspirais qu'à cela, mais chaque battement de cils me rappelait que je ne le pourrais jamais plus. Pourtant ces images continuaient de me hanter, visions d'une beauté plus douloureuse que mes nerfs ne pouvaient le supporter.

Au fil des années, j'en suis venu à me demander si je fuyais Paris pour m'épargner des réminiscences qui n'auraient fait qu'aviver ma souffrance, ou par peur d'être déçu, de ne pas y trouver le paradis dépeuplé que j'imaginais, mais une ville banale, ne méritant pas que le spectre de Martha soit condamné à y errer toute ma vie. Près de vingt ans sont maintenant passés, et je m'aperçois que Paris est seulement devenu un mirage à mes yeux. Il y a tant de villes sur terre et, parmi ces villes, il en est une que j'ai effacée de mes planisphères, renvoyée à la dimension des légendes. Paris. Où je viens de poser mes malles pour me mettre en quête de ton cadavre, ou du nouveau refuge de tes infidélités.

Ta disparition et les zones d'ombre de ta vie qu'elle a ironiquement éclairées me plongent dans la nostalgie d'une autre femme, ce qui ne me paraît ni triste ni déplacé ; de même, il n'est pas absurde que je m'en ouvre à toi plutôt qu'à quiconque dans cette lettre que je ne te donnerai sans doute jamais. Mais si je le fais un jour, ne crois pas que je sois indifférent à ton sort ou que ton absence ne m'inquiète pas ; n'en tire pas les conclusions les plus faciles, car elles seraient aussi les plus fallacieuses.

Je suis un homme que l'illusion n'effraie plus depuis bien longtemps, qui a vécu auprès d'un fantôme pendant dix ans dans un Paris mental guère plus crédible qu'un décor d'opéra, et que ta rencontre a ramené sur terre. La découverte de ta nature profonde m'a une fois encore détaché des rives du réel pour me laisser lentement dériver dans de nouvelles brumes, non plus celles qui enveloppent la mort et nimbent les traits de ceux qui ne sont plus, mais celles qui permettent d'endurer une vie où tout n'est que corruption. Tes mensonges, ton regard absent : corruptions. Notre morale finit par s'accommoder de la corruption et par accepter la brume, l'à-peu-près, l'imperfection, l'effritement de la conscience et l'érosion même des plus sublimes douleurs, elle finit par les accepter comme de simples signes de l'âge, au même titre que la calvitie, le déchaussement des dents et la perte progressive de la vue.

Ainsi ai-je toléré ton insatisfaction comme on tolère un rhumatisme. Je n'ai jamais abordé son sujet avec toi, car j'ai compris que tu en souffrais plus vivement que moi, toi qui jamais ne pourras te retrancher dans le souvenir d'une Martha pour oublier les vicissitudes des brumes terrestres si denses et protéiformes, toi qui n'as nulle part où rentrer, pas même mentalement.

Tu t'absentais souvent dans tes rêveries, mais je devinais quel visage emplissait tes pensées et te laissait alanguie pendant des heures, des jours, des semaines, je pense l'avoir su chaque fois. Tu devenais distraite, tu cassais des tasses qui avaient appartenu à mes grands-parents, tu oubliais des rendez-vous, tu chantais un mot pour l'autre, ton regard s'égarait dans les nuages et dans le damas des tentures. Je continuais de vivre comme si je ne remarquais rien, j'embrassais le cou que tu me présentais mécaniquement quand je contournais ton fauteuil, je te rappelais qu'il fallait te changer pour aller dîner, je prenais ta main dans la mienne quand la neige tombait autour de notre voiture, je savais quel visage flottait dans ton esprit, je n'étais pas jaloux, juste triste, et je pense que je l'étais pour toi plus encore que pour moi-même. Comment aurais-je pu être jaloux d'une image, d'une chimère, d'un homme de plus que ton absolu ne tarderait pas à humilier ?

La seule chose qui m'étonne, c'est que tu aies succombé à Marcat. Certes, j'ignore le détail de tes précédents emportements, leur nature exacte et surtout leurs limites, mais j'ai toujours eu l'intuition qu'ils s'estompaient vite quand tu côtoyais de trop près leur objet, et que, par ailleurs, le passage à l'acte t'effrayait à deux titres : d'abord, j'imagine que dans l'acte seul réside à tes yeux le péché d'adultère, mais surtout je pense que cet acte t'apparaît comme une mise à mort. Il précipite le terme où, la passion consommée, essoufflée, le vide t'envahira, qui appellera une nouvelle proie. Reconnais-tu dans ce succinct exposé l'éternel retour de tes errements ?

Maintenant que cette lettre pose une question, je vais être obligé de te la donner si un jour tu reparais, si l'insatisfaction n'a pas fini par te tuer d'une manière ou d'une autre dans cette ville maudite que tant s'accordent à qualifier de *plus belle ville du monde*. Elle pourrait l'être, oui, elle l'a été.

Je me réjouis de ne jamais avoir fait bénir notre union, de ne jamais t'avoir fait entrer dans la maison de Martha. Si tu reviens, je romprai d'ailleurs nos liens sans attendre. Bien que je n'éprouve aucune jalousie, je ne souhaite m'exposer à d'autres scandales tels que celui-ci. Songe que j'ai dû laisser mes clients, traverser l'Atlantique, affronter les regards apitoyés ou narquois de tous ceux qui se sont adressés à moi, depuis le steward à bord du S. S. *America* jusqu'au réceptionniste du Ritz, tout cela pour une créature inapte au réel. Et tout cela, je n'en veux pas dans ma vie. Je n'ai pas peur de vieillir seul, tu sais, je ne serai jamais vraiment seul.

Avec une affection intacte,

Gabriel

Carlotta,

L'homme qui surprendrait un oiseau dans son sommeil ne serait pas aussi bienheureux que je le suis, moi qui ai le privilège de te regarder dormir dans la lumière dorée du matin versée par la mansarde. Autrement dit, je n'ai pas eu le cœur de te réveiller. Je ne pars pas très longtemps, Amedeo m'a demandé de venir poser un peu chez lui mais il doit partir avant deux heures. Je t'ai laissé du café, que tu peux réchauffer, et j'ai acheté pour toi des œufs, du pain et du lait, ainsi que *Le Petit Journal*. Les nouvelles du jour sont explosives, ton amant va finir par te maudire. Mais tu préféreras sans doute y découper les articles relatifs aux événements dramatiques survenus chez toi. Quant à moi, je ne peux m'empêcher de craindre, comme chaque fois que je sors, que tu ne sois pas ici à mon retour, et je continue de souhaiter que tu mettes un terme à ce silence. Plus tu reporteras ce terme inéluctable, et plus tu t'attireras de colère de ton entourage, des directeurs artistiques et de ton public. Je ne t'en parlerai pas à mon retour pour éviter que nous ne nous disputions encore à ce sujet, mais sache que cette situation me préoccupe beaucoup.

Fernand

Fernand,

Comment, moi qui ne sais pas dessiner, pourrai-je garder longtemps l'image nette de ta soupente ? Je m'amuse ce matin à y réfléchir. Je me la représenterai plus petite ou plus grande qu'elle ne l'est, j'en suis certaine, bien que j'en aie mesuré la longueur et la largeur avec les pieds. Il me sera difficile de me remémorer son organisation serrée, monstrueux trésor d'ingéniosité, la pente du toit, l'unique fenêtre et la vision si particulière qu'elle offre – à condition de monter sur une chaise à moitié dépaillée : la mosaïque des toits sous le ciel changeant.

Peu à peu je vais oublier la cafetière en fer-blanc cabossée, posée sur une caisse renversée, les visages familiers que j'ai décelés dans les nœuds et les nervures des murs lambrissés, le papier journal qui tapisse le mur autour du lavabo, la bande dessinée de *Zig et Puce* à droite du petit miroir, et à gauche la publicité pour les vêtements Henri Esders. Je vais oublier les tasses ébréchées dans le lavabo, les taches de peinture sur la faïence et le marc de café qui colle aux doigts. Je vais oublier l'agaçante asymétrie des portraits accrochés ou appuyés aux murs, œuvres de tes amis bossus dans leurs vestes de velours maculées de couleurs, aux coudes déformés, mous et boursouflés. Je vais oublier les poches d'humidité qui enflent sous la fenêtre les matins de pluie, et le rideau crasseux qui cache le cabinet de toilette, et les débris granuleux, d'origine indéterminée, qui roulent dans la trame élimée du tapis et blessent la plante des pieds. Je vais oublier les livres empilés de telle sorte que l'on ne peut en prendre un sans en faire tomber une vingtaine, les annotations illisibles dans les marges et les points d'exclamation furieux, les pages arrachées à leurs ouvrages et tes contributions aux revues découpées avec les ongles, clouées dans le bois du secrétaire ou sur la porte du garde-manger.

Ou bien je me rappellerai tout cela comme un rêve. J'accueillerai en clignant des yeux ces images insolites et furtives, si mal fondues dans mes paysages mentaux habituels que je me demanderai si elles font écho à de lointaines lectures ou sont des réminiscences d'une vie antérieure. Que je me souvienne clairement ou vaguement de cette soupente ne devrait pas m'inquiéter aujourd'hui, et pourtant c'est à cela que je pense, comme si j'avais la certitude de la quitter bientôt, comme si je m'étais déjà formulé cette éventualité. Je n'ai pas à prendre de décision, seulement à regarder autour de moi et à me rendre compte que mes yeux commencent à dire au revoir. Leur nostalgie même a la douleur éphémère d'un sanglot.

Qui sait si je ne préférerai pas oublier la vie dans la soupente dès que j'aurai recouvré une certaine paix de l'esprit ? Si la perspective d'une mémoire amputée me paraît aujourd'hui bien triste et presque tragique, si je ne peux imaginer pour l'instant de sacrifier au néant la chair de jours étranges et intenses, je ne jurerais pas que plus tard, s'il m'est permis de retrouver le confort et la plénitude de ma vie d'autrefois, je ne souhaiterai pas effacer ce souvenir embarrassant de la mémoire collective, comme je souhaiterais déjà brûler tous les journaux entassés sur ton plancher qui se fondent dans l'air humide, mêlant leurs encres en une cacophonie agressive, semblable aux huées chaque jour plus proches des Érinyes dont je peux déjà sentir le souffle dans mes cheveux, dans ce qu'il reste de mes cheveux.

Je ne te reproche rien. Je ne sais pas si je regrette

ce que nous avons vécu ou si j'ai seulement honte de moi-même, de ce démon qui me pousse à détruire les belles choses pour la simple et si brève excitation de contempler les ruines en feu de mon univers, le dramatique flamboiement que j'ai le pouvoir d'initier. Je ne me sens pas assez forte pour en assumer la responsabilité, je voudrais que les cendres s'agrègent et que la vie de nouveau les irrigue. Je voudrais annuler cet élan en apparence anodin mais qui fut pourtant le plus foncièrement inopportun de ma vie, empêcher ma main de pousser la porte de l'escalier, mes pieds nus de courir silencieux jusqu'au bas des marches, de se faufiler dans les dessous du Ritz, mes jambes de se dérober dans ce couloir, mon dos de glisser contre le mur, mes fesses de se poser sur le sol, ma tête de se renverser sur mon épaule. Je voudrais empêcher que tu puisses me voir par terre avec toute l'apparence d'une poupée désarticulée, je voudrais éviter ton chemin. Qu'y avait-il de plus simple ? Quelle probabilité existait-il pour qu'une cantatrice américaine laisse un garçon d'ascenseur la soulever dans ses bras, la faire sortir du Ritz par la petite porte et l'emmener dans sa soupente ?

Descendre un escalier. Il n'a fallu que cette légère anomalie, cette imperceptible altération de mes habitudes pour que tout autour de moi bascule. Oh je sais ce que tu vas me répondre : que j'avais commis cette nuit-là une infraction bien plus grave et spectaculaire à ma vie d'autrefois. Mais à celle-là, on pouvait aisément trouver une raison, et je ne suis pas la première femme sur terre qui ait cédé à un homme ; c'était d'autant plus excusable que je ne suis pas mariée, bien que tout le monde semble omettre ce détail. En revanche, il est assez extraordinaire qu'une femme disparaisse de son plein gré. Je ne suis même pas sûre de ne pas devoir répondre de mon comportement devant la justice.

Depuis plusieurs jours déjà, la presse se désintéresse de mon cas. La crue du Mississippi, la plus grande catastrophe naturelle qui ait jamais frappé mon pays, a pris ma place dans les préoccupations des lecteurs. Je suis moi-même assez ébranlée par cette nouvelle, et les images d'apocalypse que nous montrent les journaux ont provoqué chez moi une forme de sursaut. Un appel du réel très brutal, et très culpabilisant : que valent mes états d'âme auprès d'une telle calamité ?

J'ignore pourquoi je t'écris ainsi. Je te connais désormais assez pour savoir que ces considérations n'ont pas leur place dans ton monde ivre de liberté, ignorant des regrets. Peut-être n'est-ce pas à toi que j'écris, peut-être ai-je besoin de mettre de l'ordre dans mes idées. On voit plus clair dans les lignes que l'on trace sur le papier, or il n'y a que toi dans ce deuxième acte de ma vie à qui je puisse m'adresser. De toute façon, il faudra bien que je te laisse une lettre, à moins que je ne griffonne un message lapidaire sur une page arrachée à ton carnet, car je ne t'annoncerai pas mon départ de vive voix. Je suis trop lasse pour supporter la discussion de plusieurs heures qui en découlerait et à laquelle je me sentirais tenue, alors que toi, tu ne ferais que t'écouter parler, jouissant d'énoncer une fois de plus les grands principes de ta philosophie, d'affirmer tes choix et tes dégoûts.

Ne pense pas en lisant ces dernières lignes que je te méprise ou que je t'ai menti. En vérité, tu n'es la cause ni de ma disparition ni de l'impulsion qui aujourd'hui conduit à ma réapparition. Il me faudra du temps pour expliquer quels ressorts se sont mis en branle dans mon cerveau malade, qui ont rendu cette aventure inévitable. Quel mécanisme complexe a tenu les fils de mes bras et de mes jambes au quatrième étage du Ritz ce matin-là et m'a menée jusqu'à toi, pour me reprendre aujourd'hui à ta soupente.

Hier, j'étais une garçonne épanouie au Bal Nègre, je buvais de l'alcool et j'acceptais même parfois une cigarette qui risquait d'abîmer ma voix, cette richesse impalpable à laquelle j'ai consacré toutes mes forces depuis le plus jeune âge. Je dansais avec tes amis à la veste de velours sentant le tabac froid et la térében-thine, je riais et chacun goûtait mes traits d'esprit à l'accent américain. Je faisais pleinement partie de ton monde et personne n'aurait pu supposer une seconde que j'étais cette diva disparue qu'évoquaient tous les journaux. Hier, je m'y sentais vivante, vibrante. Pour-tant, aujourd'hui est le jour que tu me dis craindre, où tu ne me trouveras pas à ton retour. N'en cherche pas la raison. Ne me maudis pas, mais blâme seulement l'esprit fragile et confus qui m'est échu. Pardonne-moi.

Je vais maintenant revêtir ma robe de Carlotta Del-mont, sortir de chez toi sans rien emporter, et quand je poserai le pied sur les pavés de Montparnasse, le deuxième acte sera terminé. Il ne me restera plus qu'à convaincre quelqu'un de qui je suis. N'essaie pas de me revoir, tu sais que ce serait vain puisque je cesserai dans un instant d'être celle que tu aimais appeler

Ta Mimi.

Livre de bord

* *LE HAVRE / Le Paquebot « PARIS »* / Le plus grand, le plus beau, le plus moderne de tous les Transatlantiques Français. Ligne du Havre à New York. 233 m de long, 26 m de large, jauge de 37 000 tonnes, 664 hommes d'équipage ; 98 passagers de luxe ; 468 passagers de 1re classe ; 464 passagers de 2e classe ; 2 210 passagers de 3e classe, soit un total de 3 240 passagers.

15 mai 1927

Me voici à bord du *Paris*. J'ai insisté pour voyager sur un transatlantique américain, mais Gabriel m'a répondu que l'heure n'était plus aux caprices. Je ne crois pas avoir jamais été capricieuse, malgré certaines rumeurs ; rien n'est plus facile ni plus creux qu'une rumeur, et c'est pourquoi la plupart des gens y trouvent plus de vraisemblance que dans l'insaisissable réalité aux motifs complexes et nébuleux. Je ne pense pas que Gabriel puisse comprendre combien il m'est douloureux de voyager à bord du *Paris*, et d'entendre cent fois par jour retentir le nom de cette ville que je porte en moi comme une blessure, de dîner sous une toile intitulée *La Gloire de Paris*, de détourner la tête pour ne pas voir l'imposant panneau consacré au jardin du Luxembourg, dès que je passe devant le fumoir, et de reconnaître dans la grandiloquence Art nouveau des salons et du grand escalier, dans le prisme de lumières qu'offre la descente des premières, l'esprit de certains lieux que Fernand et moi avons fréquentés. Les souvenirs qui m'assaillent ici à chaque instant sont une punition particulièrement cruelle.

Mais je sais que l'intention de Gabriel n'était pas de me l'infliger. Il voulait boire, tout simplement, et l'on peut boire sur les paquebots français, qui ne sont pas sous la loi de la prohibition. Je n'ai rien contre, s'il lui plaît de sombrer dans l'alcoolisme, mais dans ce cas nous n'étions pas obligés de partir sur le même bateau. D'ailleurs, c'est tout juste s'il m'adresse encore la parole depuis ma réapparition, et nous ne partageons pas la même cabine. J'ai passé les deux dernières semaines à Milan dans la seule compagnie de ma gouvernante Ida et de Bert, mon accompagnateur, quand je n'étais pas à la Scala ; et chacun de mes pas, je l'ai fait sous la surveillance de la duègne que Gabriel a cru bon d'engager. Elle observe mes moindres faits et gestes avec un silence inquiétant. Il paraît que c'est une infirmière, mais je ne suis pas malade, que je sache.

Je commence ce journal pour organiser ma pensée, alors que la confusion devient asphyxiante. J'ai acheté le carnet à bord et, au moment de le payer, j'ai ajouté sur le comptoir la carte postale qui en orne désormais la couverture. Je n'ai pas réfléchi, et le sens de cet acte spontané m'échappe encore, qui m'oblige à constamment avoir sous les yeux le profil du *Paris*. Ce paquebot est un microcosme naval, semblable à la Ville lumière dans ce qu'elle a de plus fastueux. Du moins est-ce le cas dans les parties du navire réservées aux passagers d'exception tels que moi. Je ne m'étais jamais vue comme une femme de luxe, je n'avais encore jamais compris que j'étais censée dormir dans un coffre-fort comme tous les objets de valeur que l'on veut protéger de la convoitise. Je n'avais encore jamais compris qu'une vie pouvait être un coffre-fort. On y respire très mal.

Ma cabine s'appelle Opéra. J'aurais pu avoir la cabine Vendôme ou Orsay, mais il fallait que l'étiquette de mon coffre-fort ne mente pas sur la marchandise. La suite Opéra comporte un piano surmonté de peintures, œuvres d'un certain Henri Lebasque, représentant des scènes bucoliques ; les personnages sont vêtus légèrement et contrastent avec la sophistication du salon, la richesse des bois exotiques qui couvrent les murs, les incrustations de nacre ornant le couvercle du piano, ou encore la cheminée de marbre. C'est dans ce cadre somptueux que j'entame mon journal avec le sentiment d'une liberté secrète, comme si le papier devenait sous ma plume une porte dérobée par laquelle je pourrais fuir loin de tout jugement, de toute morale même.

Je suis terriblement aigrie par tout ce qui m'arrive. Je traverse le monde sous les yeux arrondis d'une foule aux millions de bouches tordues par la répréhension, la répulsion, l'incompréhension ; je devrais sans doute baisser la tête pour m'excuser, mais de quoi ? Je n'ai fait que me débattre avec mes démons les plus intimes, et ce n'est pas ma faute si pendant un long mois, cette lutte intérieure a fait couler plus d'encre dans les journaux du monde entier qu'une catastrophe naturelle. Je ne suis qu'une femme, et à ce titre je réclame le droit de sombrer dignement. En vain, j'ai attendu que le vacarme s'estompe, que des hordes d'inconnus cessent de juger ce qui n'appartient qu'à moi.

Ce matin, sous le dôme du *Paris* j'ai entendu la clameur de centaines de voix poussant à l'unisson un Ah dont j'étais la cible. Je tentais d'échapper à l'attention générale et chancelais, prisonnière sous ce dôme comme une mouche dans une lampe de chez Tiffany, et plus personne ne bougeait, des grappes de curieux s'accrochaient aux rampes de la descente et, au bas des marches, s'immobilisaient pour ne rien manquer du spectacle. *Elle s'est vraiment coupé les cheveux !* a crié une femme.

Ils sont rétrogrades, m'a soufflé Ida. Elle m'avait fait lire une nouvelle de Francis Scott Fitzgerald parue dans le *Saturday Evening Post* et qui s'appelait *Bernice Bobs Her Hair*. La nouvelle datait d'il y a presque dix ans et montrait une pauvre fille boudée par la bonne société pour s'être fait couper les cheveux. Zelda était déjà une flapper, à cette époque, Scott et elle allaient bientôt offrir aux magazines la plus belle romance américaine, le plus effroyable, le plus fascinant scandale. On penserait que cette nouvelle serait devenue un simple document historique aujourd'hui, comme me le faisait remarquer Ida, mais c'est compter sans ces collets montés qui nous encerclent.

Quand une amie de Fernand m'a coupé les cheveux pour que l'on ne me reconnaisse pas dans la rue, j'ai eu la bêtise de croire que mes cheveux m'appartenaient, qu'ils ne sauraient fournir matière à une affaire d'État, en particulier à une époque où la plupart des femmes qui se veulent indépendantes en sont déjà venues aux ciseaux. Je ne suis que l'une des dernières à les brandir, et voilà que toute l'attention se porte sur mes épaules dégagées. Quelle notion les gens ont-ils d'une information capitale ? Mais peu m'importe au fond la valeur qu'il convient d'accorder aux paroles de ces conservateurs, peu m'importe l'avancée des mœurs, tout ce que je demande, c'est le droit de m'effacer, d'échapper à la curiosité de la masse.

À Milan, quinze mille noms se pressaient sur les listes d'attente de la Scala, et des foules s'agglutinaient chaque soir devant l'entrée du théâtre dans le seul espoir d'apercevoir ma silhouette. Les balcons grouillaient de spectateurs qui ne venaient pas écouter la musique de Puccini ou de Bellini, mais humer le halo de scandale qui m'entourait. Les autres chanteurs le sentaient aussi bien que moi, et il nous a fallu un grand courage pour investir nos rôles avec toute l'intensité qu'ils exigent, devant des milliers de regards déplacés, pour des milliers d'oreilles indifférentes. Le brouhaha des cabales que je connais si fréquemment au Met me paraît, en comparaison, infiniment plus noble et plus doux que cette avidité malsaine. Jusqu'aux critiques musicaux qui ne cessaient de traquer mes faiblesses vocales et de guetter le moindre signe de ma fragilité mentale.

L'un d'entre eux est allé jusqu'à affirmer que, dans la seconde scène du premier acte, quand je chantais *Oh non tremare, o perfido, No, non tremare per lei**, je ne m'adressais pas à Pollione mais au public et que le *lei* me désignait, moi ; il en voulait pour preuve que je tendais les bras vers les balcons, comme si un tel geste n'était pas d'une grande banalité parmi les *prime donne*. Le lendemain, dans le courrier des lecteurs, des dizaines de témoins confirmaient avoir remarqué ce geste. Dressée au milieu de la scène, j'ai levé les bras et des spectateurs l'ont vu. La belle affaire. Quelle fable ces gens ne tireraient-ils pas du vide insondable de leur vie pour se donner l'illusion qu'un frisson de l'histoire les a un jour caressés ?

Amusez-vous de moi, ignobles vautours, prenez-moi pour martyre, moi qui n'ai jamais voulu que chanter, moi qui suis coupable de l'avoir fait avec moins de retenue que quiconque, avec une foi naïve, *enfantine* comme je l'ai si souvent entendu dire, moi que ma passion pour un monde plus beau a livrée en pâture à votre vindicte d'esprits terre à terre, désœuvrés face à l'incommensurable néant de l'univers.

Je m'emporte trop. Je vais jouer un peu de piano avant de reprendre.

(Plus tard)

J'ai recouvré mon calme en me plongeant dans les sonates de Franz Schubert. J'ai trop longtemps délaissé le piano et j'ai beaucoup perdu en agilité, mais le plaisir de jouer est intact. Je ne suis pas aussi

---

* Oh ne tremble pas, ô perfide, Non, ne tremble pas pour elle.

exigeante envers moi-même dans ce domaine que dans celui du chant, puisqu'il me tient seulement lieu de divertissement. Et les divertissements offrent la même sorte de liberté qu'un journal intime, car nul n'attend de vous que vous y excelliez, de sorte que vous y êtes affranchi des jugements.

Ensuite, j'ai fait une sieste pendant laquelle d'étranges visions me sont venues, visions de villes terrifiantes dans lesquelles je m'abîmais ; les rues n'y avaient pas d'intersections, c'étaient des espèces de couloirs à perte de vue. J'ai appelé Ida dès mon réveil pour lui rapporter ces images, et nous avons réussi à en plaisanter. Nous nous sommes accordées à dire que tout le monde sans exception deviendrait claustrophobe dans ce paysage de mon invention. Eh bien, à la réflexion, ce serait la même chose si Gabriel était le seul homme au monde.

Il y a encore un peu plus d'un mois, je ne m'étais jamais aventurée dans une perpendiculaire, il me suffisait de savoir que je pouvais le faire à tout moment s'il m'en prenait le désir, j'aimais voir ces mondes inconnus et pleins de promesses s'ouvrir tout autour de moi. D'ailleurs dans les voies que j'ai récemment explorées, il n'y avait rien de particulier, rien de plus qu'ailleurs. En somme, ce fut une sorte de déception. Je suppose que cette perpendiculaire n'était pas pire qu'une autre, mais je m'attendais sans doute, sans me le formuler, à y respirer une atmosphère différente, exceptionnelle, aux vertus magiques. Quelle idée ! On ne risque pourtant pas un jour de tourner au coin d'une rue et de découvrir un décor d'opéra où les vraies gens vêtus avec goût s'exprimeraient en chantant au son d'un orchestre céleste, où rien ne serait trivial puisque même commander une salade serait l'occasion de sublimes arias. Toute rêveuse que je sois, je sais que jamais je ne trouverai ce genre de paradis sur terre.

16 mai 1927

Anselmo m'a écrit une lettre le 26 avril, la veille de son arrestation. Il avait payé un réceptionniste du Ritz pour me la remettre en main propre de la manière la plus discrète possible, avec succès car le jeune homme est parvenu à déjouer la vigilance de Gabriel, de ma mère et de la foule des curieux qui ne quittaient pas mon sillage. Les chocs qu'il a vécus pendant plusieurs jours avaient sans doute fait oublier à Anselmo l'existence même de cette lettre. Comme il a dû me maudire quand il s'est aperçu qu'il n'avait pas annulé la mission du réceptionniste en sortant de prison, combien il a dû me détester. Lui qui ne doit manquer de me diaboliser imagine certainement que je ris de ses mots obsolètes. Son visage m'en disait tout l'inverse quand je l'ai vu pour la dernière fois. Son regard ne m'appelait plus *Mon adorée Carlotta*, et quelques nuits dans une cellule sordide lui avaient fait comprendre que l'on peut renoncer à *un bonheur d'une telle intensité* que le nôtre pour bien moins que la mort.

Les motifs qu'il a de me haïr ne manquent pas. Je ne l'ai pas disculpé quand il était injustement soupçonné de crime passionnel ; j'ai eu pendant deux semaines une liaison avec un autre ; son humiliation publique a culminé quand la presse a réduit son existence à un bref épisode dans l'affaire de ma disparition ; pour finir, je n'étais pas celle qu'il avait rêvée. Je ne me reconnais pas dans sa lettre, dans le portrait qu'il y dresse de moi, même si j'aimerais pouvoir le faire, comme j'aimerais être capable du ravissement qu'il me prête dans cette aube dont je n'ai pas perçu les lueurs rosées, trop oppressée que j'étais.

Je n'ai pas horreur d'Anselmo. Je voudrais pouvoir exposer simplement les causes de ma fuite, mais je n'y arrive pas. Je ne peux que disposer des fragments de vérité sur un même plan et les observer jusqu'à ce que leur ordre m'apparaisse et que je parvienne à les assembler.

Jeune fille, je voyais parfois un visage s'esquisser dans les entrelacs de fleurs sur la tapisserie de ma chambre, au long de nuits sans sommeil ; celui du jeune homme qui m'obsédait alors. J'allais mourir d'amour, me déchirer la poitrine avec les ongles pour en laisser échapper le cœur qui s'y tordait. Puis un jour, alors que ces vaines souffrances m'avaient épuisée, un autre me témoignait une marque d'attention, soit que sa main effleurait la mienne, soit que ses paroles revêtaient le plus délicieux mystère, et mon cœur reprenait vie, enflait, s'affolait ; soulevée par des symphonies célestes, je me demandais comment j'avais pu tant de temps côtoyer l'être nouvellement aimé sans avoir conscience des sentiments qui couvaient en moi à son égard, et je passais des semaines à reconstituer ceux de ses faits et gestes qu'il m'avait été donné d'observer depuis que nous nous connaissions mais dont je n'avais su interpréter les promesses, car alors je ne savais voir ni entendre. Je n'annonçais pas la bonne nouvelle à l'élu, me délectant des délicieux lancinements qui accompagnent la naissance d'un amour, palpitations nées d'un regard, vertiges à proportion du magnétisme animal, voluptueuses pâmoisons. Je n'avais pas le droit de me tromper, car il n'y aurait qu'un amour dans ma vie. J'en avais décidé ainsi dans l'espoir d'atteindre au sublime, et non pour acquiescer aux mœurs puritaines que les femmes de ma génération s'efforceraient bientôt d'abolir sous leurs cheveux courts, au bout de leurs longs fume-cigarette, en prenant des amants et en buvant autant qu'eux le mauvais alcool des bootleggers. Pour ma part, ma liberté consisterait à dire *Je t'appartiens* à un homme qui n'y verrait pas une marque de conformisme. Pour m'assurer que notre amour durerait éternellement, une fois franchi le chemin qui mènerait à notre premier baiser, j'ourdissais le plus imparable des plans possibles : nous allions mourir ensemble sous un séquoia de Yosemite dont j'avais vu la représentation dans un livre, nous nous faufilerions parmi les racines épaisses et nous enlacerions en attendant que le poison fasse son effet ; ainsi, nous nous mêlerions à la sève du géant, nous deviendrions ce géant et nous abriterions des nuées d'oiseaux migrateurs qui répandraient la poésie de nos âmes à travers le monde. *Nell'ora che si muore eterni diveniamo** ! chante Maddalena dans l'*Andrea Chénier* de Giordano. Mais la main du jeune homme ne m'effleurait plus jamais, aucun mot qui semblât trahir la passion n'échappait plus jamais à sa bouche tant convoitée. J'allais donc mourir seule, me déchirer la poitrine, et l'être aimé s'en tordrait les bras de douleur devant le mur ensanglanté où, dans un dernier sursaut de vie, j'aurais écrit son nom avec mon sang ; il s'apercevrait alors combien il m'adorait et ajouterait son sang au mien sur le mur avant que nos âmes ne réparent au ciel l'erreur que nos pauvres enveloppes terrestres auraient commise en ne se trouvant pas. À l'époque où je caressais ces rêves sanglants, je ne connaissais pas encore l'histoire de Norma, que Pol-

---

* À l'heure où nous mourons, nous devenons éternels !

lione suit sur le bûcher dans un sursaut de conscience, après avoir compris quelle belle et noble personne il a négligée puis poussée à la mort :

> *Ahi ! Troppo tardi t'ho conosciuta,*
> *sublime donna, io t'ho perduta*.*

Il est très différent de rêver une extase et de vouloir l'expérimenter. L'extase du cœur me convient mieux que celle du corps ; je devrais sans doute l'appeler exaltation. Bien que Gabriel et moi ne nous soyons jamais mariés, je me considère depuis près de dix ans comme sa propriété. Non qu'il m'ait jamais traitée comme un objet ni tenue à l'écart des autres hommes, mais je suis attachée à une certaine idée de la fidélité. Qui n'est pas vraiment de la pureté, car j'ai toujours vivement souffert de mes exaltations ; quand elles m'assaillent, je sens mon âme pourrir en moi et je me réveille parfois la nuit avec d'abominables visions de mon corps dévoré par les vers au milieu d'un duo d'amour. Je ne me suis jamais leurrée sur ma propre nature, portée au vice. J'ai reçu une éducation religieuse et, bien que mes parents n'aient jamais été aussi fervents que le reste de ma famille, l'atmosphère dans laquelle j'ai grandi a laissé en moi des séquelles profondes, de sorte que ma droiture n'est pas véritablement une morale mais plutôt une déformation. Pour autant, elle me tourmente dès que mon esprit dévie et je me sens alors la plus sale de toutes les femmes. Dans les bras d'Anselmo, j'ai goûté les plus ignobles délices. La culpabilité attisait la sauvagerie de ma flamme ; ce fut d'abord libérateur, comme si je rompais les liens qui m'attachent à la morale, comme si je me déclarais libre à la face du monde, mais ensuite le sentiment

---

* Ah ! je t'ai connue trop tard. / Femme sublime, je t'ai perdue.

d'avoir commis l'irréparable m'a vite submergée, aussi puissant que si j'avais tué. Par ailleurs, je ne suis pas faite pour le plaisir. Non que je ne puisse le ressentir comme n'importe qui, mais il est si vite savouré. Une fois qu'il s'est estompé, que reste-t-il ? La marque de la chair imprimée dans la chair, les déchets organiques de deux corps emmêlés sur les cendres d'une passion autrefois immaculée, dégagée de toute contingence, et qui aurait résisté à l'épreuve du temps comme de la matière si on ne l'avait corrompue. Incarnée, elle devient putrescible. Et je ne parle pas seulement des actes qui rendent un individu plus que nu face à un autre individu, un autre mortel, mais de toutes les parcelles de leur humanité frottées l'une contre l'autre. Le souffle d'Anselmo dans mon cou. Ma main accrochant sa peau dont la transpiration altérait la texture. Anselmo ne me dégoûte pas, ou bien je me dégoûte tout autant que lui, comme me répugnent toutes choses qui portent en germe leur propre décomposition. Ma relation avec Gabriel avait une certaine pureté. J'ignore comment il le supportait, les hommes ne sont pas réputés pour leur chasteté, mais Gabriel était habitué à ce que nos contacts restent superficiels et assez mesurés pour que n'y entrent pas de ces moiteurs, de ces pulsations incontrôlables, de ces exhalaisons qui me rebutent tant. J'ai craint pendant si longtemps qu'il ne se lasse de moi, ne me quitte à cause de cette frayeur que j'ai de la chair, puis le temps a effacé mes peurs et voilà qu'aujourd'hui, je suis séparée de lui par un autre corps. Un corps dont je déplore de connaître désormais les replis, que je préférais costumé, qui m'exaltait à m'en faire perdre le sommeil au temps des rêves, et que j'ai fui dès notre entrée dans l'ère du sang et des os. Ses gencives. J'ai même vu ses gencives. Je pourrais en mourir et ses gencives n'y seraient pour rien mais plutôt les miennes, que je ne regarde jamais. Pourtant je ne cesse de relire la lettre d'Anselmo et l'envie d'y répondre avec la même ardeur n'a pas faibli depuis que le réceptionniste a glissé dans ma main la clé d'un nouvel espace éthéré. Comme si l'Anselmo qui soufflait dans mon cou et l'auteur de la lettre n'étaient pas la même personne.

Tout cela me paraît bien décousu, et pourtant je n'ai pas encore abordé le sujet le plus compliqué. Quand Anselmo est sorti de ma chambre, je me suis longuement lavée. Puis je suis sortie aussi, je crois que je voulais voir Ida ou peut-être seulement partir de ce lieu qui soudain m'angoissait, avec ces draps obscènes que je n'avais pas la force de rabattre. J'ai pris l'escalier plutôt que l'ascenseur, je ne l'avais jamais fait, mon esprit n'était pas conçu pour cela. J'étais si bouleversée. Je ne suis pas montée à la chambre d'Ida, je suis descendue jusqu'au rez-de-chaussée puis encore en dessous. Je me suis effondrée, Fernand m'a ramassée et emmenée chez lui. Je ne me souviens pas très bien comment nous avons décidé de cela, j'étais comme ivre ; je ne me souviens pas de quoi nous avons parlé dans ce couloir réservé aux employés, ni sur la route jusqu'à la chambre de bonne. Me fallait-il un homme pour me sauver de l'homme dont j'avais espéré qu'il me sauverait de n'être capable que d'une relation enfantine avec l'homme qui n'a jamais voulu m'épouser ? J'ai peut-être eu peur de m'engager dans une fuite éperdue. Ou peut-être pas, peut-être ai-je écrit cette dernière phrase pour m'épargner des théories plus complexes. En tout cas je suis restée longtemps chez Fernand. C'était plus facile de rester deux semaines chez lui qu'une nuit dans les bras d'Anselmo, car je n'étais plus Carlotta Delmont : je ne chantais pas, j'avais les cheveux courts comme la plupart des garçonnes que nous fréquentions, et tout le monde m'appelait Mimi. Sous cette nouvelle identité qui m'était offerte, je pouvais rompre avec la morale, faire fléchir cette rigidité d'esprit dont j'ai toujours souffert – à moins que je n'aie jamais vraiment souffert que de ne pouvoir être sans me réfugier dans le rêve. Je ne me cachais pas, je n'avais pas à le faire puisque j'étais quelqu'un d'autre. Au contraire, je me montrais. J'allais au cabaret, au théâtre, dans des bars et des ateliers d'artistes ; la ville entière me cherchait, et si la multitude d'inconnus que je côtoyais lisait les journaux, personne ne me reconnaissait puisque ce n'était pas moi. Quant à Fernand, il faisait un Rodolfo très crédible. Je lisais ses poèmes, dont je ne dirais pas que je les adorais, mais c'étaient malgré tout des poèmes. J'aimais surtout observer sa silhouette penchée sur le papier, entendre le crissement de sa plume, j'aimais qu'il passe la main dans sa chevelure épaisse et que la quête du mot juste alourdisse son front. J'aimais qu'il bondisse sur ses pieds, arrache les pages des livres, plante des clous dans les poutres, avec une ferveur que ne venait tempérer aucune question de goût biaisée par l'éducation. Sa force brute m'emportait sans effort, pourtant à aucun instant je n'ai envisagé de demeurer définitivement auprès de lui comme il le croyait ou feignait de le croire. Je le feignais aussi, par souci de vraisemblance. Je ne lisais pas réellement les journaux qu'il m'apportait chaque jour. La crue du Mississippi m'intéressait bien plus que l'idée de draguer la Seine pour y repêcher une célèbre cantatrice. Je n'ai rien fait pour sortir Anselmo de prison. Carlotta aurait pu le faire mais je n'étais pas elle, je n'étais pas concernée, je me tenais à distance. Je ne souffrais pas d'un dédoublement de la personnalité, je comprenais que si je me manifestais, Anselmo serait libéré. Mais tout cela me paraissait irréel : Anselmo dans une cellule, c'était de l'opérette. Les jours passaient et les gros titres blessaient mon œil qui tentait de les fuir, alors je prenais pleinement conscience de ma responsabilité et je me terrais, car il arrive un moment où l'on a fait tant de dégâts que l'on ne peut plus les assumer mais seulement se cacher, comme s'il était possible de se cacher éternellement.

Aujourd'hui, ma seule certitude est que plus jamais Gabriel ne sera mon compagnon. J'ai lu dans un journal italien la théorie d'un échotier selon laquelle j'aurais été le jouet de mon inconscient pendant toute l'affaire Carlotta Delmont, suivant des impulsions dont le but m'échappait mais que lui devinait aisément. Je n'avais pas fait plus que me rebeller contre Gabriel, contre ma vie avec Gabriel. Je n'avais pu faire l'économie de tout ce grand spectacle parce que mon esprit avait censuré mon besoin de m'évader. Je me serais sentie trop ingrate de prendre mon indépendance et de rompre de manière délibérée avec cet homme qui gérait mes intérêts, mes engagements et ma fortune, et qui me portait un amour que je ne pouvais forcément pas lui rendre, étant jeune, belle et célèbre ; aussi n'avais-je d'autre recours que d'amener Gabriel à me quitter. Il me fallait le traîner dans la boue, ce que je ne pouvais faire que sous l'effet d'une possession. Ce verbiage prétentieux a tout de même effleuré une parcelle de vérité. Je n'aime pas vraiment Gabriel, malgré l'immense affection et l'estime que je lui porte ; j'en veux pour preuve que la rupture ne m'ébranle pas particulièrement. Mais cela ne tient ni à son âge ni à son apparence physique. Je pense que je ne peux aimer qu'un chanteur. Un ténor, pour être tout à fait exact. J'ai rêvé une nuit que l'homme de ma vie était un baryton qui avait forcé sa voix dès le plus jeune âge pour devenir un ténor et interpréter les rôles les plus romantiques du grand répertoire. Ce rêve était plus avisé qu'un journaliste italien.

Écrire ces pages m'a épuisée. Je ne suis plus si sûre de mettre de l'ordre dans mon esprit en écrivant tout ceci. J'ai plutôt la désagréable impression de vouloir faire entrer une pyramide dans un vers d'*Aïda*. Pourtant, je me sens un peu lavée, un tout petit peu, comme si je venais de me limer les ongles en attendant l'heure du bain.

17 mai 1927

Ce matin, Gabriel s'est joint à moi pour le petit déjeuner. Après un long silence, il m'a soudain demandé si Fernand me manquait. La question était si loin de mes préoccupations que cela ne m'a même pas mise mal à l'aise qu'il me la pose, sur un ton anodin, de façon si directe. Je lui ai juste répondu que non, il ne me manquait pas, et ce n'était pas un mensonge. Mais je n'ai pas précisé qu'Anselmo, lui, me manque souvent. Même si je l'ai fui dans les bras d'un autre, même s'il ne veut plus me voir, même s'il a préféré se faire remplacer que de partager avec moi l'affiche de la Scala, même s'il maudit pour toujours celle qui a fait de lui la risée du monde entier, il me manque parfois de manière accablante, alors même que je ne songeais presque jamais à lui dans la soupente de Fernand. Ida me dit qu'il n'y a là rien de plus naturel.

— Pourquoi le serait-ce ? lui ai-je demandé.

– Comment Fernand pourrait-il vous manquer alors que vous avez fait le tour de son monde et que vous n'y avez rien trouvé qui vous ait donné envie d'y rester ? m'a-t-elle répondu. Tandis que, vous l'avouez vous-même, le mystère d'Anselmo demeure presque entier à vos yeux. Il n'a donc pas perdu de son attrait, et j'irais même plus loin : rien ne vous prouve qu'il ne soit pas Mario Cavaradossi.

– Toi aussi, tu me crois folle ? me suis-je alarmée.

– Certainement pas, Madame. Je crois plutôt que vous ne manquez pas de ressources pour pallier l'ennui dont souffrent tant de vos pairs.

Cette fille est étonnante. Je pense que si la vie me l'avait fait rencontrer en d'autres circonstances et qu'elle ne s'occupait pas de mon linge, nous serions devenues amies. Au fond, peut-être le sommes-nous, mais nous ne pouvons pas le voir de part et d'autre du fossé qui nous sépare, et qui sépare également sa cabine en deuxième classe de ma suite Opéra.

En tout état de cause, elle a raison, je ne connais pas Anselmo. Je connais sa peau et son souffle, mais on ne connaît pas un homme parce que l'on a touché sa peau. Je ne sais rien d'Anselmo, je ne sais même pas si ses parents sont encore en vie. S'il est italien ou s'il a pris la nationalité américaine. S'il rêve parfois la nuit avec le cerveau de Pollione, comme il m'arrive de faire des cauchemars qui siéraient à Norma. Je ne peux l'imaginer enfant, jouant dans les rues de Brooklyn comme je l'ai fait. Chaque fois que je l'ai vu commander un plat au restaurant, cela m'a paru incongru ; qu'il ait des préférences en matière de cuisson, qu'il aime les vins fruités aux notes minérales, qu'il ait une prédilection pour la sauce au beurre, tout cela me faisait rire. L'apercevoir chez le tailleur, son costume à demi monté sur le dos, m'amusait tout autant. J'ignore tout de lui : qui sont ses amis, ce qui l'a amené à chanter, s'il a des problèmes de santé, s'il aime se promener en forêt ou s'il préfère rouler très vite en automobile. De lui, Ida l'a bien résumé, je ne connais que Pollione et Mario Cavaradossi. Deux des rares hommes qui ne m'aient jamais lassée.

Cette discussion avec Ida, que je rapporte ici de la manière la plus construite possible, m'a aidée à voir un peu plus clair en moi. Mais toute à mon introspection, je n'ai pas remarqué sur l'instant combien la question de Gabriel ce matin était étrange. Après tout, il m'a quittée sans regret, ne manifeste aucune souffrance ni aucune forme de jalousie envers aucun de mes amants. Je pense que sa dernière lettre était parfaitement sincère. Alors pourquoi cette question ? S'inquiète-t-il pour moi désormais comme le ferait un ami ? Est-il simplement curieux ? Ou craint-il que je ne mette ma carrière en péril en allant au-devant d'autres rebondissements ?

Il n'a jamais mentionné le désir de rompre le contrat qui nous lie en tant qu'imprésario et chanteuse, mais peut-être ne l'a-t-il pas fait tant il estimait ce terme inévitable. J'ai peur de manquer de perspicacité, et qu'il ne soit obligé de me signifier sans la moindre équivoque ses intentions sur ce point. Il n'a pu apprécier de devoir répondre de mes actes, en mon nom, auprès de la presse et parfois même de la justice, quand le devoir m'attendait en Italie. Il m'a dit un jour, *Tes bêtises t'ont coûté très cher*, sans plus de précision car il sait combien ces sujets me dépassent. Je ne connais pas le montant de ma fortune, que je l'ai toujours laissé gérer, et je suppose que l'affaire ne m'a pas ruinée ; de cela, il m'aurait au moins avertie. Ida m'a confié que *Monsieur a bien fait les choses* avec un air suffisamment admiratif pour que je ne cherche pas à en savoir plus. J'étais si lasse de tout cela que je me réjouissais de pouvoir me décharger sur lui des conséquences les plus concrètes de mon retour. J'avais bien assez de problèmes à régler en moi, dont je ne suis d'ailleurs même pas encore venue à bout.

Je devrais demander à Gabriel le pourquoi de cette question, mais je redoute sa réponse. S'il souhaite seulement s'épargner d'autres complications à notre retour et qu'il se moque bien de savoir comment je me sens, il me faudra affronter le fait que je n'ai plus d'ami sur qui me reposer. Samson est un ami, mais il ne fait pas partie de mon quotidien. Je connais à New York des centaines de personnes, mais aucune avec qui je sois intime. Personne qui puisse me prendre dans ses bras, ni me protéger de tout, ni partager mon quotidien comme l'a fait Gabriel tout au long de ces dix dernières années.

(Plus tard)

Gabriel m'a convoquée cet après-midi au salon de conversation, alors qu'il sait combien j'exècre cet endroit. Tout y est circulaire, les immenses miroirs sur les murs et la disposition des fauteuils autour d'étroites tables rondes ; les tapis sont si profonds que l'on n'entendrait pas venir un cheval au galop, de sorte que l'atmosphère feutrée porte à la conspiration et au commérage. Dès que je me suis présentée à l'entrée, les langues vipérines sont restées en suspens et personne n'a eu l'éducation de se cacher pour m'observer.

J'ai repéré la table où s'était installé Gabriel et me suis dirigée vers lui, les jambes flageolantes. À moi qui ai chanté sur les plus grandes scènes du monde devant des salles bondées, traverser ce salon a paru une épreuve inouïe. Je me sentais nue, indécente et sale. Pourtant j'ai réussi à rassembler tous mes talents de tragédienne pour rester digne et indifférente, décourageant vite le public que seul hypnotise le spectacle des déconfitures. Les discussions ont rapidement repris et j'ai pu respirer de nouveau.

J'approchais de la table où m'attendait Gabriel, quand j'ai aperçu un petit garçon assis avec l'abandon musculaire d'une poupée de chiffon. Il ressemblait tellement à Rodrigo que mon pouls s'est précipité. Il avait le même visage en cire chaude, les mêmes yeux trop grands et les mêmes cheveux épais, mais c'est son expression absente au monde qui me donnait plus que tout l'impression de contempler mon petit frère, dix-huit ans après. Sans réfléchir, je me suis accroupie au pied du fauteuil où était installé l'enfant. *Comme tu es beau !* lui ai-je dit dans un élan de tout mon corps. *Dis-moi, comment t'appelles-tu ?* Le petit a levé vers moi un lent regard vide et dans ce vide j'ai pu revoir en un instant défiler toute la gamme des émotions que mes histoires suscitaient dans les yeux de Rodrigo. Les larmes m'ont piqué le nez. Toute à mes émotions, je n'avais pris garde ni aux parents ni à la gouvernante du petit, mais la mère s'est vite imposée à mon attention. *La pitié d'une hystérique est la dernière chose dont nous ayons besoin*, a-t-elle déclaré d'une voix tranchante. Effarée, j'ai fait face à sa mine méprisante. Le mari feignait de ne pas être là. Le silence était revenu, d'abord juste autour de nous puis il s'est étalé dans tout le salon ; ceux qui n'avaient pas entendu la réplique cinglante espéraient ne pas manquer la suite et tendaient maintenant l'oreille.

– De la pitié ? ai-je répondu. Mais de quoi parlez-vous ? Cet innocent ne m'inspire aucune pitié, mais bien plutôt vous, mégère, qui ne méritez pas d'être sa mère.

Cette fois, le mari s'est levé, avec autant de fermeté que s'il voulait me frapper. Toute la salle a frémi. Quant à l'enfant, un râle est monté des tréfonds de son corps, sourd comme le grondement lointain d'un tramway puis plus distinct, il a résonné dans sa poitrine, gargouillé dans sa gorge, moussé à la commissure de ses lèvres et éclaté au seuil de ses narines, avant de se transformer en un long cri que l'on aurait dit tellurique. La gouvernante a aussitôt pris l'enfant dans ses bras et a trottiné vers la sortie avec le fracas d'une voiture de pompiers. Les parents, toujours immobiles, me défiaient en silence. C'est alors que ma duègne a enserré mon bras de sa poigne masculine. Je l'ai aussitôt haïe plus fort que je n'avais jamais haï, concentrant sur elle toutes les rancœurs de ma vie en un seul regard si puissant qu'elle a tressailli.

– Emmenez-la, lui a intimé Gabriel.

– Qu'elle ne me touche pas, ai-je protesté.

– Je vais vous aider à vous calmer, est intervenue la sorcière.

– Cette femme, ai-je répliqué en désignant la mère du petit, me qualifie publiquement d'hystérique au simple motif que je complimente son fils, et c'est moi qui aurais besoin d'être calmée ?

– Il est idiot, a grondé la mère, tout le monde le voit bien.

– Et alors ?

– Votre condescendance…

– Mon frère était comme lui et je l'aimais plus que j'ai jamais aimé quiconque en ce monde mesquin.

– Réservez vos répugnants épanchements aux journaux.

Si je deviens folle et meurtrière, ce sera par la faute de mes bourreaux. Quelle raison ne succomberait à tant d'injustice ? Combien de Lucia faudra-t-il sacrifier à l'égoïsme et à l'arrogance de l'espèce humaine ? La duègne m'a emmenée, j'ai dégagé mon bras de sa poigne, en lui disant que je connaissais le chemin de ma cabine, pour ne pas donner à l'assistance plus de satisfaction que nécessaire. J'aurais dû chanter, tiens. Sur le pont-promenade, nous avons croisé la route de l'enfant, parfaitement apaisé dans les bras de sa gouvernante. Celle-ci m'a souri et s'est arrêtée à ma hauteur.

– Il s'appelle Raymond, m'a-t-elle confié doucement.

– Il ressemble tellement à mon frère, ai-je dit. Lui aussi avait un prénom en r.

– Je l'ai lu dans un magazine, a indiqué la gouvernante. Raymond est un bon garçon, ce n'est pas vous qui l'avez fait pleurer.

Puis elle a poursuivi son chemin et moi le mien, la duègne sur les talons. Ida était surprise de me voir rentrer si vite ; nous avions passé une heure à tenter de deviner le sujet dont Gabriel voulait m'entretenir et avions énuméré un grand nombre d'hypothèses. Je n'ai pas eu le temps de lui dire que je n'en savais toujours rien, ni de lui expliquer ce qui venait de m'arriver, car sans tarder l'infirmière m'a fait une piqûre et quelques instants plus tard, je m'endormais pour deux longues heures.

À mon réveil, j'ai demandé que l'on m'apporte le dîner dans ma cabine. Ida est restée avec moi et nous avons longuement commenté les événements de la journée. Ma gouvernante m'est décidément d'un soutien précieux et, je peux aujourd'hui l'affirmer sans hypocrisie et sans honte, je me sens plus proche d'elle que des gens dits *de mon rang*, et qui m'inspirent le plus profond dégoût. Je crois bien que je ne mettrai plus un pied hors de cette cabine avant New York, même si cela risque de passer pour une abdication aux yeux des autres passagers, comme me l'a fait remarquer Ida. J'y réfléchirai demain quand mon jugement sera moins vicié par l'amertume.

18 mai 1927

J'ai trouvé à mon réveil un billet glissé sous ma porte, et qui disait : *N'ayez que mépris pour les esprits étriqués, vous valez bien mieux qu'eux tous réunis. Vous possédez un don qu'aucun d'entre eux n'aura jamais. Un admirateur.* À cette lecture, quelque chose s'est joué en moi, comme certains matins où chaque note semble sonner pour la première fois, où le mystère d'une mélodie se répand par la fenêtre entrebâillée pour se mêler au pépiement des oiseaux, à l'odeur de la terre humide qu'embrassent les rayons matinaux du soleil, où la lumière dorée exalte les couleurs. Ces quelques mots d'un inconnu m'ont offert une petite renaissance au monde, et sans doute étais-je préparée à la recevoir, sans doute n'attendais-je qu'un signe du destin pour reprendre mon souffle et, la tête enfin claire, poser sur les événements récents un regard distancié, serein, souverain.

Ida et moi avons pris notre petit déjeuner ensemble dans ma cabine, mais quelle atmosphère de fête l'emplissait cette fois, innervant les bois exotiques et soufflant sur les riches tapis ! Avant que le steward ne nous serve, j'ai joué *Swanee* au piano ; Ida l'a entonnée en chœur, ensuite de quoi les joyeux accords ont bercé tout notre repas. Le thé, les oranges pressées, les œufs au bacon, les pancakes et le sirop d'érable étaient divins, nous ne savions dans quel ordre les manger pour mieux savourer leur harmonie. Un observateur aurait pensé que nous n'avions encore jamais pris ce genre de petit déjeuner, pourtant bien de chez nous, et nous nous sommes dit que le premier repas du jour est aussi le plus fascinant, tant il varie d'un pays à l'autre, d'un matin à l'autre, au gré des lumières et des musiques, selon que l'on a bien dormi ou que des cauchemars nous ont réveillés, selon la personne avec qui on le partage, selon les titres à la une des journaux. Il est le dernier refuge de l'intimité avant les heures si rapides qui nous plongent dans la mêlée humaine sous la lumière crue du grand jour, il est le dernier répit, la profonde inspiration précédant l'immersion.

Ensuite, nous avons ouvert mes malles, étalé mes vêtements, chaussures, sacs et chapeaux à travers toute ma chambre, et nous avons choisi soigneusement la tenue qui conviendrait le mieux à un retour en grâce sur les ponts et dans les salons du bateau ; celle, en substance, qui répondrait le mieux au message de mon admirateur secret. Nous avons opté pour un ensemble très simple, aux tons clairs, évoquant plus une fraîcheur juvénile que le faste volontiers affiché par mes détractrices les plus acharnées. Ma première sortie de la journée n'est pas passée inaperçue, et je me réjouis de n'avoir pas attiré que des œillades curieuses, mais aussi certaines admiratives.

Ida m'avait conseillé d'ignorer les commères, de leur montrer que leur mesquinerie ne m'empêchait pas de resplendir, et les phrases laconiques de mon mystérieux allié ont achevé de m'en convaincre. Cette attitude s'est vite révélée profitable. Après ma promenade, je me suis étendue sur une chaise longue pour observer les jeux de pont, marelles et palets, et nombreux ont été les passagers et les officiers à me saluer avec déférence ; je n'ai pas tardé à recevoir un mot du commandant Boisson me demandant si je ferais l'honneur à l'équipage et aux première classe de chanter pour eux ce soir dans le salon de musique. Je me suis empressée d'accepter et de convoquer Bert, mon accompagnateur, dans ma cabine. L'envie de prendre le grand air m'étreignait, mais je me suis persuadée qu'il valait mieux travailler à faire de mon récital un succès assuré.

Aux incontournables *Casta Diva* et *Vissi D'Arte*, qui consacreront une dernière fois mes *Norma* et *Tosca* européennes, j'ai ajouté l'air de Mimi dans *La Bohème* afin d'affirmer la simplicité de mon caractère, ainsi qu'une mélodie française, la *Vilanelle des Nuits d'été* de Berlioz. Hommage à leur langue pour les plus bienveillants de mes auditeurs français, ce dernier choix sera l'occasion de rappeler aux plus méprisants la différence fondamentale entre nos chanteurs et les leurs : nous chantons dans toutes les langues, tandis qu'eux ne connaissent que la version française du grand répertoire. Si nous ne venions pas chanter sur leurs scènes, sans doute les Français n'auraient-ils jamais entendu *Die Zauberflöte* ou *Il Barbiere Di Siviglia*, comme je l'ai constaté à Paris. J'ignore la nationalité de mon admirateur, mais la *Vilanelle* ne peut que lui plaire. Soit mon accent l'attendrira, si la langue de Berlioz est également la sienne, soit il découvrira une facette encore peu connue de mon talent.

Gabriel est venu interrompre ma répétition. Je lui ai signifié que mon temps était précieux d'un ton sec bien plus évocateur que tous les mots dégradants dont j'aurais pu le gratifier pour la goujaterie dont il a fait preuve hier. Il avait appris, dit-il, que j'allais chanter le soir à l'invitation du commandant, et voulait savoir quel genre de sotte j'étais pour ne pas avoir feint une angine et m'exposer ainsi face à des gens que mon comportement avait déjà suffisamment embarrassés.

– De quel droit seraient-ils embarrassés par mon comportement ? ai-je répliqué. Moi, je ne le suis en aucune manière.

– Tu ne l'es pas ? Je croyais que ta décision était suicidaire, mais elle est seulement d'une insupportable arrogance.

J'ai réfréné l'envie de le gifler. Pour ce faire, je me suis rappelé les mots de mon admirateur et j'ai tenté d'imaginer son visage. J'ai rêvé qu'il entrait sans frapper, m'attirait contre lui et, d'un geste silencieux, intimait à Gabriel de quitter ma cabine. Ses yeux luisaient de détermination au point que Gabriel n'osait même pas lui demander qui il était, mais obtempérait, furieux. J'ai prêté à mon sauveur les traits d'un jeune homme que j'ai croisé ce matin au cours de ma promenade, et sur le visage duquel j'ai cru lire une forme de reconnaissance. Qui sait ? Peut-être mon intuition est-elle la bonne. Je n'en serais pas mécontente. J'aimais son expression vive et malicieuse, sa peau immaculée que je devinais douce comme celle d'un enfant, et la distinction naturelle avec laquelle il portait une veste décontractée et un foulard en guise de cravate. Aucun homme en smoking ne m'a jamais paru aussi noble que lui. Il n'a pas la carrure de Gabriel, mais je sais qu'il pourrait me protéger différemment. Nous serions si complices, en si complète intelligence que nous paraîtrions invincibles, et cela suffirait à décourager les conduites hostiles. D'ailleurs nous ne pourrions inspirer que la sympathie et l'admiration. Mais il n'a pas ouvert ma porte sans frapper, et j'ai simplement prié Gabriel de bien vouloir me laisser, avec toute la courtoisie dont j'étais capable.

– Il est évident que je ne te représenterai plus, a-t-il déclaré avant de partir. Tu n'as pas perdu qu'un compagnon, mais aussi ton imprésario, lassé de tes frasques et de ton ingratitude.

– Nous ne nous accorderons jamais sur le sens à donner au mot *frasques*, ai-je répondu.

– Je n'en doute pas.

– Et je te suis infiniment reconnaissante de tout ce que tu as fait pour moi en France.

– Tu ne comprends même pas que tu ne chanteras plus jamais en Europe.

– Quelle bêtise ! J'ai amené à la Scala plus de spectateurs qu'aucune soprano ne l'avait jamais fait.

– Ce n'était pas le genre de spectateurs que Toscanini aime attirer. Tu n'es qu'une enfant, une idiote née sous une bonne étoile et qui gâche toutes les promesses qui étaient les siennes. Tu es une déception pour tous ceux qui ont cru en toi.

Il est enfin sorti. Bert n'avait cessé de fixer son clavier, tête basse, comme s'il guettait l'éclosion d'une nouvelle touche. Il n'a pas bougé après que la porte a claqué, et je ne lui ai pas proposé tout de suite que nous reprenions. J'ai d'abord laissé les émotions affluer puis refluer en moi, les images glaçantes des dernières semaines se bousculer. Le visage livide d'Anselmo, qui traversait le hall du Ritz devant la caravane de ses malles quand j'y ai pénétré avec Gabriel, et la noirceur de ses yeux quand il est passé près de nous. Ma mère montant dans un train pour Le Havre sans me faire signe ni m'accorder un dernier regard, deux jours après ma réapparition. Je les ai fait fuir, tous deux se sont hâtés de mettre un océan entre nous. Peut-être ont-ils parlé de moi pendant leur traversée, trouvant un réconfort à me stigmatiser de concert, ou peut-être se sont-ils évités pendant six jours afin que rien ne leur rappelle mon existence. La tête m'en tournait, et mon accompagnateur immobile n'avait même plus l'air humain. J'ai cru m'effondrer, quand soudain l'image du jeune homme au foulard de soie m'est apparue sans que je la convoque, comme un signe, une puissante intuition, et j'ai eu la certitude qu'il allait entrer dans ma vie pour la sauver. *Reprenons*, ai-je dit d'une voix claire. Le pianiste s'est redressé comme un pantin mécanique. J'ai chanté une heure encore, puis j'ai renvoyé Bert et fait appeler Ida.

Nous avons pris une collation à la terrasse du bar. Mes yeux papillonnaient à m'en faire mal, je ne pouvais les arrêter, mais jamais l'objet de leur convoitise n'est apparu. J'ai confié à ma chère Ida les émotions qui depuis le matin me submergeaient, et je lui ai demandé conseil. Elle était surprise par tant de confidences si explicites, je l'ai bien vu, mais elle ne m'en a rien dit. Nous avons réfléchi à une phrase que je pourrais prononcer ce soir, au cours du récital, qui constituerait un signal assez clair pour mon admirateur et que personne d'autre ne pourrait en rien soupçonner. Par souci d'élégance, nous ne pouvions évoquer la scène d'hier. Nous avons analysé le message glissé sous la porte et avons cherché le moyen d'y faire référence dans une phrase qui ne paraisse pas décalée. Hélas, *mépris* serait mal interprété, *étriqué* de même, *esprit* serait trop vague, tandis que les mots *don* et *admirateur* me feraient passer pour présomptueuse.

Aucune idée convaincante ne nous est finalement venue. Même une phrase aussi anodine que *J'éprouve un plaisir particulier à chanter pour vous ce soir* risquerait, à la lumière des derniers événements, d'être prise pour une provocation. Car mes ennemis sont trop protocolaires pour bouder une réception organisée par le commandant d'un paquebot, et doivent se sentir humiliés par l'obligation qu'ils ont de venir m'écouter. Ce sera comme si je les prenais en otages et leur présentais un plat de petits-fours. Aussi Ida et moi avons-nous décidé qu'il me suffirait de poser le regard sur mon admirateur, à un moment choisi de mon récital, pour lui faire passer mon message. Ce moment n'a pas été très difficile à choisir : dans *Les Nuits d'été*, un couplet commence ainsi :

> *Oh ! viens donc, sur ce banc de mousse*
> *Pour parler de nos beaux amours.*

Je ne regarderai personne en chantant ces mots, peut-être lèverai-je la tête vers les lustres scintillants, puis je baisserai les yeux vers l'inconnu au foulard de soie en finissant la strophe :

> *Et dis-moi de ta voix si douce :*
> *« Toujours ! »*

19 mai 1927

Tout ce dont je parle disparaît. Il n'y a de permanence possible que dans le secret de mon cœur. Malgré la confiance que je place en Ida, je ne lui avais jamais montré si clairement ce qui se jouait en moi avant ma révélation d'hier après-midi, dont j'avais vivement éprouvé le besoin de m'ouvrir à elle. Mais depuis, je n'associe plus mon mystérieux admirateur au jeune homme rencontré sur le pont-promenade, d'ailleurs tout est dissocié, disloqué, tout s'est enfui comme les perles trop fines d'un collier rompu. Plus personne ne me protège, pas même dans mes rêves.

Et je m'aperçois que c'est un confort inestimable que de se croire protégé, même si on ne l'est pas.

À l'inverse, écrire dans ce carnet me permet d'immortaliser ce que je vis. Du réel nous n'avons que des représentations fragmentaires et biaisées par la configuration de notre esprit à nul autre pareil. Je peux adopter la vision que l'encre a figée dans le papier sans pour autant prétendre qu'elle est la seule vérité : il s'agit d'un système ni plus ni moins fiable qu'un autre. C'est le mien, voilà tout. Mes propres assertions deviennent ainsi mes repères, ma vérité. Je n'ai pas besoin de les relire, il me suffit de les avoir formulées et consignées ici pour qu'elles deviennent mon orthodoxie. Hélas, il n'est pas toujours possible de choisir une vérité.

Ainsi, pourquoi mon admirateur n'est-il pas venu m'écouter hier soir ?

Peut-être le jeune homme au foulard de soie n'est-il pas mon admirateur.

À moins qu'il ne soit malade et contraint de garder la chambre, s'il n'a pas été mis en quarantaine comme cela arrive parfois sur les bateaux. Il ne s'est pas plus montré sur le pont, au restaurant ou au bar qu'au salon de musique, du moins pas aux moments où j'y suis passée. Aurions-nous joué de malchance ? Tourné dans le même sens et au même rythme dans le dédale du transatlantique ?

À moins qu'il n'ait craint de voir un auditoire mal disposé à mon égard me mettre en pièces, car il est évident que ce jeune homme est plus fragile que Gabriel et préférerait s'épargner le déchirant spectacle de ma disgrâce plutôt que de braver la foule hostile pour prendre ma défense. Il n'a pas agi autrement en laissant un billet sous ma porte après avoir assisté à une scène dont il est resté le spectateur silencieux, ce que je ne songerais pas à lui reprocher.

À moins qu'il ne soit d'une nature si réservée que sa propre audace le fasse aujourd'hui rougir. Il peut avoir laissé ce mot sous ma porte, mû par une impulsion irrépressible, et s'être immédiatement demandé où il avait puisé la force de le faire. Peut-être cette force d'un moment lui fait-elle maintenant défaut.

À moins que je ne lui aie pas souri sur le pont-promenade, hier matin ; mon saisissement était tel quand j'ai posé les yeux sur son visage que le mien n'a pas dû refléter mes émotions mais uniquement la stupeur. Et s'il avait cru que, l'ayant reconnu pour l'auteur du billet, par ce manque de chaleur je le blâmais silencieusement d'intervenir dans mes affaires ?

À moins que… Je pourrais énumérer ici toutes les hypothèses que je n'ai cessé d'élaborer depuis hier soir, je ne saurais toujours pas quelle version des faits, quel fragment de la réalité privilégier dans ces pages, auquel accorder ma foi la plus complète. Le ressassement constant des mêmes questions, les variations infimes et maladives sur les mêmes théories ont fini par plonger mon esprit dans une complète confusion, et la seule solution pour démêler tout cela serait de revoir le jeune homme, de lui sourire, si possible de lui parler.

Du fait de son absence, je n'ai pris aucun plaisir à mon petit récital. Mille fois j'ai chanté, avec autant de conviction que si ma vie en dépendait, devant des salles où mon regard ne cherchait personne, mais hier soir l'absence de mon admirateur privait ma prestation de tout sens, et ce fut comme me produire devant une rangée de tombeaux. Pourtant des lumières chaudes éclaboussaient les arabesques des tapis, les rosaces du plafond, les bois aux riches teintes, les moulures dorées et le velours grenat, les tenues de soirée qu'aucun pli n'avait encore froissées ; ce paroxysme d'élégance fendait l'océan de sa proue hiératique et proclamait la victoire sur la nature d'une espèce dont nous étions les plus précieux représentants, devenant nous-mêmes œuvres d'art dans nos vêtements de grands couturiers, avec nos bijoux de grands orfèvres, dans nos enveloppes charnelles nourries des mets les plus délicats, nous qui réunissions l'esprit et les connaissances réservées à l'élite.

Mais sous le vernis, je pouvais sentir la médiocrité et le frelaté de tout cet apparat, la magie ne prenait pas et n'enivrait pas mes sens au point que je me prenne pour une demi-déesse, une femme de luxe, libre de surcroît. Si je l'avais partagé avec l'homme qui occupe mes pensées, ce moment aurait pu être le plus beau de ma vie, je me serais abandonnée à l'illusion et j'aurais rayonné parmi tant de splendeurs. Sans doute ma voix aurait-elle atteint le sommet de son expressivité. Mais je me suis contentée d'une performance techniquement irréprochable, à laquelle manquait la sève que je distille habituellement dans mes interprétations, et qui a fait ma renommée. Si j'avais partagé ce moment avec l'homme qui occupe mes pensées, j'aurais chanté mieux que jamais, à son insu je me serais consumée dans son admiration, j'aurais tiré le sublime de son regard plus encore que de mes entrailles. Il l'aurait compris à l'instant où j'aurais chanté, comme je l'avais prévu, *Et dis-moi de ta voix si douce : « Toujours ! »* Cette scène-là aurait été la plus belle de notre histoire.

Si seulement Gabriel était venu m'écouter, j'aurais pu mettre dans mes mots plus de tendresse et de chaleur, et il aurait constaté que je peux me tenir droite et digne devant un public malveillant, que j'ai assez de métier pour donner un tour de chant honorable devant n'importe qui et dans n'importe quelle circonstance. Que je peux toujours me faire applaudir avec respect, y compris sur un bateau français. La duègne a dû lui en faire le compte-rendu, si jamais elle s'en est aperçue, elle qui me fixait depuis le premier rang de ses yeux vides et froids, comme si elle était sourde. Comme si elle était un scientifique observant les mouvements de mes lèvres pour démonter les processus de la phonation, indifférent à la mélodie comme aux paroles qui sortaient de ma bouche.

Ida aussi assistait au récital, tout au fond, debout près de la porte, alors que la plupart des aristocrates qui occupaient les fauteuils n'auraient pas mérité de débarrasser sa table. Et pourtant c'est elle, Ida, qui dort en deuxième classe, parce que les choses se font ainsi dans notre société – je dis *notre société* mais c'est déjà trop de familiarité, car je m'en sens l'otage et rien de plus. Je ne m'y étais jamais sentie enfermée avant de m'en être éloignée. J'y suis revenue d'un pas conquérant, décidée à y reprendre ma place et mon rang, mais une porte s'est claquée derrière moi et le si luxueux domaine où ma carrière m'a ménagé une place est parfois bien suffoquant. Une duègne me suit à la trace à travers le monde en modèle réduit qu'est un paquebot, tout à la fois geôlière, opinion publique, prêtresse et apothicaire. Son rôle est de me soulager dans mes crises d'humanité, afin que je reste de marbre. Elle-même inexpressive et apparemment insensible à l'ennui, elle se tient en retrait, trop loin pour épier mes conversations, à moins qu'elle ne sache lire sur les lèvres. Sa seule omniprésence me donne l'impression constante de faire mal, de commettre des infractions à un code qui ne m'aurait pas été livré. Je vis dans cette culpabilité-là, cette retenue contre nature, semblable à un animal qui ne comprend pas pourquoi on le punit.

Cela dure depuis plus de deux semaines. À Milan, j'étais encore plus effrayée parce que Gabriel n'était pas là pour superviser ma surveillance, pour dissuader les abus. J'ai détesté Milan. Une toute petite ville, une ville de poupée décorée de vieilleries charmantes ou grotesques de grandiloquence, dont les habitants se croient au centre du monde. Milan me considère comme une enfant du pays, moi qui suis née à Brooklyn, et m'appelle Delmonte avec le *e* comme si ma volonté n'était qu'un détail. Les Milanais se sont dits rassurés pour l'enfant du pays qu'elle n'ait pas manqué à son engagement de jouer à la Scala, ce qui n'aurait pas simplement anéanti sa carrière mais son être tout entier, car vous n'existez pas si Milan a décrété que vous n'existiez pas.

Milan était chaque jour plus petite et la distance se réduisait entre mon hôtel et le Teatro alla Scala ; sur le trajet, la foule était opaque, bruyante et agitée, une mer démontée à perte de vue et parsemée de pigeons. Toscanini ne savait s'exprimer qu'en hurlant. L'oreille fatiguée je traversais la mer démontée jusqu'à l'hôtel. À l'hôtel, le téléphone sonnait toutes les deux minutes, des garçons d'étage frappaient pour m'apporter des télégrammes, Paris tonnait encore au loin, les journalistes parlaient sans discontinuer derrière la porte avec la duègne, le flot ininterrompu de leur discours chuintait comme une source éternelle, toujours trop près de l'oreille, et m'empêchait de me concentrer sur la réponse que je devais donner dans les plus brefs délais à un interlocuteur téléphonique porteur d'une nouvelle contradictoire à celle qu'annonçait le dernier télégramme en provenance de Paris, Paris poussait très fort pour entrer dans la ville de poupée, faire craquer les coutures de Milan, l'annexer à mes frais, dommages et intérêts. Fais ce qui te paraît le mieux, Gabriel. À en perdre la voix, fais ce que tu penses préférable, Gabriel. Le regard vide et froid de la duègne sourde, *Rien à signaler, monsieur.* Mais pardon ? Nous étions dans l'œil d'un terrible cyclone ! protestais-je bruyamment. Une piqûre et je dormais assez profondément pour ne plus rien entendre.

Je ne veux plus vivre dans le champ visuel de ce molosse. J'en parlerai tout à l'heure à Gabriel, qui m'a donné rendez-vous au salon de thé, sans doute pour s'excuser d'avoir douté de moi.

(Plus tard)

Que Gabriel ne se soit pas excusé, passe encore, je connais un peu l'orgueil masculin, mais il n'a même pas eu l'élégance de mentionner mon récital. Car tout de même, je n'ai pas à en rougir ; bien que ce ne soit pas la plus mémorable de ma vie, ma prestation empêchera les sceptiques d'écrire trop vite mon épitaphe. N'était-ce pas tout l'enjeu de cette soirée ? Même si, bien sûr, l'on espérait intimement assister à une chute plutôt que de devoir m'accorder un nouveau sursis. L'ennui a vite fait de gagner les esprits les moins imaginatifs à bord d'un paquebot, et quel meilleur spectacle souhaiter que celui d'une humiliation ? Un incendie ou un naufrage seraient trop extrêmes et l'on risquerait d'y perdre, avant que de l'avoir exhibée sur la Cinquième Avenue, la parure à quatre cent mille dollars que l'on vient d'acheter sur les Champs-Élysées.

– J'espère pouvoir te parler posément, cette fois, a commencé Gabriel.

La duègne était assise quelques tables plus loin ;

elle ne regardait pas dans notre direction, ne pouvait nous entendre, mais ne manquerait de percevoir, du coin de l'œil, le moindre mouvement suspect que je pourrais ébaucher.

– Ce personnage devient grotesque, ai-je signalé à Gabriel.

– C'est d'elle que je dois te parler. Je veux que tu m'écoutes calmement. Si tel n'était pas le cas, Madeleine t'emmènerait pour t'administrer un calmant. À toi de choisir. Ce sera ainsi, désormais.

– Plus pour longtemps. Sitôt à New York, je lui dis adieu.

– Précisément, ce ne sera pas possible.

Je me suis levée, la duègne a tourné la tête vers moi, Gabriel lui a fait un signe des paupières pour qu'elle n'intervienne pas et s'est levé à son tour.

– Tu m'avais promis de rester bien calme, a-t-il dit froidement. Allons dans ta cabine.

Sa main a serré mon bras juste au-dessus du coude et il m'a guidée fermement à travers les couloirs et les escaliers, le kaléidoscope des verrières et des rosaces, jusqu'à la porte de ma suite. Tout en cherchant ma clé, je regardais intensément le nom Opéra sur la petite plaque de cuivre tandis que les doigts de Gabriel laissaient leur marque sans douceur sur ma peau. Je n'étais plus Carlotta Delmont, l'égale de Rosa Ponselle, je n'étais plus la Tosca préférée des New-Yorkais, l'impératrice des Sanglots, l'enfant chérie du Met, mais seulement Carlotta Delmonte de Brooklyn, à la chair blanche et tendre, nourrie de manicotti et de viande en boulettes. Je souhaitais me blottir dans les bras de ma mère, mais je me suis rappelé son regard fuyant à Paris et son silence blessé des deux dernières semaines.

– Puis-je faire appeler Ida ? ai-je demandé à Gabriel.

Pourquoi lui ai-je posé la question ? Est-il mon père et suis-je un jeune enfant ? Est-il mon mari ? Mon tuteur ? Quelle autorité pourrait-il bien faire valoir sur moi ? Pourtant j'ai posé la question et il m'a répondu *Plus tard* avec un dédain révoltant. *Assieds-toi*, a-t-il poursuivi. Je me suis assise sur le canapé du salon, bien au centre pour que la marqueterie du piano semble me tenir en joue, son axe de symétrie devenant aussi celui de mon visage.

— J'ai besoin de savoir si tu comprends bien les suites de ton affaire.

Gabriel a gonflé le mot *affaire* entre ses dents comme un ballon. On a frappé à la porte et il a crié *Entrez* alors qu'il était dans ma cabine, dont je peux assumer les frais avec mes revenus, et que nous ne sommes même pas mariés, nous ne l'avons jamais été. La duègne a refermé la porte derrière elle et s'est tenue dans un angle de la pièce, les mains jointes devant les cuisses et les yeux perdus dans les arabesques du tapis.

— Personne n'a vraiment compris ce qui t'était arrivé à Paris, a repris Gabriel. Tu n'as jamais fourni de réponse suffisamment crédible pour que la justice sache de quoi t'accuser, de quoi accuser quiconque et quel type de peine requérir pour chacun des protagonistes. Ton cas étant tout à fait à part, il entraîne des solutions très atypiques. Comprends-tu cela ?

— Je ne répondrai à aucune question en présence de ce cerbère, ai-je déclaré.

J'ai vu la duègne frémir.

— Vous pouvez sortir, Madeleine, a soupiré Gabriel. Je vous appellerai si nécessaire. Tu ne devrais pas lui parler sur ce ton, Carlotta, vous allez passer un certain temps ensemble.

— Pardon ?

J'ai jeté vers lui mon menton que j'aurais voulu plus pointu.

– Tu le sais, Madeleine est une infirmière psychiatrique. Mais elle a pour particularité de travailler au service de la justice française. J'ai obtenu non sans difficulté que l'on te laisse libre d'honorer tes engagements professionnels, mais cela m'a demandé des trésors de diplomatie, et t'a coûté le meilleur avocat parisien. La France en sort grandie aux yeux des nombreuses villes qui paient pour te recevoir, mais ta liberté ne peut être totale. Madeleine est mandatée pour te venir en aide au besoin, éviter que tu ne mettes en danger la vie des autres ou la tienne, et pour fournir à la justice française une estimation de ton état psychique.

J'ai envisagé de lui donner ce journal, de l'autoriser à le produire devant la justice française, mais je me suis vite ressaisie. Je ne renoncerai pas à l'infime espace privé qu'il me reste, où je peux encore me dérober à la meute des curieux. J'ai imaginé la presse s'emparer de mes secrets, une foule d'inconnus fouiller mes entrailles étalées sur la place publique. Ils trouveraient beaucoup trop de moi à se mettre sous la dent, et trop peu de faits concrets à leur goût. Que vaudraient mes hypothèses aux yeux de mes juges ? Le fait que je n'aie aucune réponse claire suffirait à me faire passer pour dérangée. Moi, je sais que je ne le suis pas, et ce n'est pas faute de m'être posé la question car j'ai conscience d'avoir eu un comportement extravagant, au moins en apparence. Qu'y puis-je si la vérité ne se joue pas dans la seule sphère empirique, s'il y a plus à comprendre sur terre qu'on ne peut observer ?

– Tu as voulu fuir ta vie, c'est bien cela ?

Gabriel s'était assis sur la table du salon, ses genoux touchaient presque les miens et il s'est penché vers moi. J'ai cru qu'il allait me prendre la main, du reste le ton de sa voix s'était adouci, mais il a juste croisé les bras sur ses genoux.

– Pas pour toujours, ai-je répondu. D'ailleurs je suis revenue dès que je m'en suis sentie capable.

– Crois-tu qu'un individu équilibré disparaît quand il a besoin d'air ?

– Je n'avais pas d'autre choix. Je répète le jour et je chante le soir, mon calendrier ne prévoit aucun répit jusqu'en 1928. Quelle place reste-t-il pour moi dans cette vie ? Pour mes besoins ?

– Toutes les chanteuses lyriques rêvent de connaître ton sort.

– Mais je te parle de moi ! De moi, pour une fois, peux-tu l'entendre ?

J'ai frappé un peu fort sur ma cage thoracique en disant ces derniers mots, et elle a sonné sous mon poing comme une caisse de violoncelle. Gabriel s'est redressé brutalement et j'ai craint qu'il n'appelle la duègne. Mais j'ai reposé la main très lentement sur ma cuisse et me suis efforcée de maîtriser mon corps tandis que le sang déferlait dans mes tempes.

– Tu aurais au moins dû nous faire savoir que tu allais bien.

– Je n'allais pas bien.

– Tu sortais dans les cabarets, tu nous l'as dit toi-même. Tes amis d'un jour te présentent comme une reine des soirées parisiennes. Tu étais sous influence ? Tu avais perdu la raison ?

– Je me faisais passer pour une autre, Gabriel, et ça me faisait du bien. Si m'octroyer quelques vacances de moi-même fait de moi une folle, alors le monde est plein de fous, qui vont au théâtre, lisent des magazines ou des romans pour s'identifier à des personnages et se divertir de leur propre existence.

– Mais ils ne laissent pas le monde entier croire pendant deux semaines qu'ils sont au fond d'un fleuve.

– Parce que le monde entier ne se mêle pas de leurs affaires. Je les envie.

– La vie est mal faite : beaucoup d'entre eux t'envient aussi.

Il n'avait pas tort et j'ai juste incliné la tête sur mon épaule en signe de reddition. Ceux qui envient ma fortune ou ma célébrité, qui rêvent de faire la une des journaux, devraient savourer la liberté de l'anonymat. Quant à moi, je les ai enviés et me suis mêlée à eux tout en sachant qu'à mon retour je devrais répondre de mes actes devant l'impitoyable tribunal du bon sens. Passer pour ce que je ne suis pas. Me réduire à une équation intelligible pour le commun ou, pis encore, en inventer une qui convainque juste assez pour que le dossier soit classé. Si c'est ce que je dois faire pour me débarrasser de la duègne, alors je ferai preuve d'inventivité.

20 mai 1927

Ce matin, nous avons été réveillés par des sirènes. Je n'ai guère eu le temps de m'inquiéter car il m'est apparu très vite que les cris dans le couloir n'exprimaient pas l'horreur mais tout au contraire l'euphorie. Encore somnolente, j'ai d'abord craint de m'être perdue dans le temps : et si ces cris et sirènes annonçaient l'approche de New York alors que j'étais encore en chemise de nuit ? J'ai vérifié l'heure et il était bien trop tôt pour que nous apercevions déjà la côte. Je me suis habillée en hâte, sans même faire ma toilette, et je suis sortie de ma cabine à l'instant où Ida y parvenait, luttant contre le courant contraire de la foule.

– Dépêchons-nous, Madame ! Il ne va pas tarder.

Pendant que nous courions dans les escaliers pour gagner le pont supérieur, Ida m'expliqua qu'un jeune pilote américain, le capitaine Charles Lindbergh, tentait la première traversée de l'Atlantique sans escale et en solitaire à bord de son avion le *Spirit of Saint Louis*. Il se dirigeait vers Paris et n'en était encore qu'au tout début de sa course ; d'après les renseignements pris par le commandant Boisson, la trajectoire de l'avion n'allait pas tarder à croiser la nôtre.

Les ponts du *Paris* étaient noirs de monde à perte de vue, des milliers de silhouettes se pressaient, agitaient leurs chapeaux et casquettes et s'unissaient dans une clameur semblable à celle qui règne dans les ports au départ des bateaux, quand les voyageurs lancent leurs adieux à ceux qui restent sur le quai, mais nous étions en plein océan et personne ne répondait à nos cris inintelligibles, personne ne les entendait. Autour du paquebot, l'horizon se fondait dans le ciel, parcourant toute la gamme du bleu au vert dans les miroitements d'un soleil encore pâle et bas. Notre tapage glissait sur le profond silence de l'océan, les trois énormes cheminées du paquebot sifflaient leur épaisse fumée noire et de toutes les poitrines s'élevaient des exclamations dont m'échappaient la teneur et la destination. Nous étions à l'image de la terre, traversant le vide infini de l'univers, auréolés de notre vacarme, à cette différence que le bateau, lui, finirait par accoster.

Je me laissais aller à ces divagations quand j'ai aperçu le jeune homme au foulard de soie. Un peu plus loin contre le bastingage, il entourait de son bras une jeune femme d'une beauté fade, aux cheveux blonds gaufrés, que rien ne distinguait à mes yeux des autres jeunes héritières à bord. Ida et moi avons échangé un regard stupéfait et nous nous sommes discrètement approchées du couple, qu'accompagnait un petit groupe d'amis, des hommes pour la plupart.

– Espérons que ce capitaine Lindbergh n'aura pas oublié d'accrocher la banderole *Vive les mariés* à la queue de son appareil, riait l'un d'entre eux.

Le marié s'est tourné vers son ami pour lui sourire et au passage m'a effleurée du regard sans que son visage trahisse aucune émotion ni aucun signe de reconnaissance. J'avais donc mal interprété notre échange silencieux de mercredi ou, pis, je l'avais seulement inventé, comme j'avais inventé de toutes pièces le plus séduisant des personnages, un monstre hybride qui avait l'apparence de cet indifférent à foulard de soie mais glissait des billets sous ma porte pendant la nuit, et j'avais imprudemment misé mon confort moral à venir sur cette chimère.

Pourquoi mon véritable admirateur n'avait-il pas profité de notre dernière nuit à bord pour me faire parvenir un nouveau message me révélant son identité ou tout au moins me fournissant un indice qui me permettrait de la découvrir ? Le voyage touchait à sa fin et jamais je ne saurais qui était cet homme, jamais je ne saurais combien il aurait pu changer ma vie. Je ne connais rien de pire que le doute. Ida tâchait de m'apaiser : peut-être, me disait-elle, mon soutien anonyme était-il un amateur d'opéra sans arrière-pensée, éventuellement un homme marié, ou porté vers les autres hommes. Peut-être m'avait-il témoigné son soutien par rigueur morale autant que par amitié. Elle avait raison, bien sûr, mais la déception n'en était pas moins cuisante – le retour sur la terre ferme modérera très vite mes regrets, j'en suis certaine, d'ailleurs les jeunes hommes à foulard de soie sont, comme tout le reste, bien plus répandus sur la terre ferme qu'à bord. Mais pour l'instant, je reviens à la foule massée sur le pont.

L'agitation y régnait depuis une bonne demi-heure quand enfin le son des porte-voix nous a tous amenés au silence. Nous avons écouté les indications nasillardes que nous donnaient les hommes d'équipage aux silhouettes blanches et aveuglantes : l'avion passait à tribord. Nous avons frémi, nos corps se sont tournés vers le large dans un bruissement d'étoffes. Il fallait s'équiper de jumelles ou de lunettes pour bien voir, poursuivaient les matelots. L'avion suivait un chemin parallèle au nôtre. Nous étions, Ida et moi, du bon côté du bateau et pourtant nous ne distinguions pas la forme du monoplan mais juste un tiret sombre qui traversait le ciel de manière trop linéaire pour être un oiseau. Le silence était maintenant total, tous les yeux rivés à ce tiret sur la page vide du ciel, et dont nous n'entendions pas le moteur. Il m'était impossible d'imaginer que là-haut, un homme seul affrontait l'immensité ; et de penser que là-haut, cet homme n'était qu'un homme, qu'au long de son voyage étrange il aurait faim, lutterait contre le sommeil et partagerait les préoccupations du commun, avant de perdre la vie ou d'entrer dans l'histoire. Puis le tiret a disparu dans une ultime réverbération du soleil et, mollement, la foule s'est dispersée.

Nous avons regagné ma cabine. Pendant qu'Ida rassemblait mes affaires et bouclait mes malles, j'ai fait une toilette rapide, puis nous avons pu profiter des dernières heures sur le pont-promenade. Les jours précédents, j'avais fui la compagnie des autres voyageurs, mais quelque chose avait changé, qui avait conjuré mes peurs. Le passage du *Spirit of Saint Louis* nous avait réunis dans la célébration d'un héros, un de ces hommes dont le rayonnement traverse les siècles et que l'on célèbre comme une gloire pour l'humanité, à l'inverse des héroïnes sombres et dévorées par la passion dans lesquelles le public tremble de reconnaître le reflet glauque de ses plus intimes blessures et perversions, et qui vivent en moi. Cette communion devant l'avenir que représentait Lindbergh avait détendu les plus opiniâtres des vipères et à présent chacun se livrait paisiblement à ses dernières activités à bord avant notre arrivée à destination.

– Si je n'étais pas votre camériste, je n'aurais rien vu de toutes ces splendeurs, m'a soufflé Ida. N'aimeriez-vous pas vous baigner ?

Nous étions accoudées à la barrière entourant la piscine découverte, et sous cet angle l'eau du bassin donnait l'impression de prolonger les eaux de l'océan quand nous suivions des yeux la courbe d'un plongeon. J'aurais peut-être trouvé tout aussi magique de me lancer moi-même dans les prismes bleu et blanc, mais je ne pouvais m'y résoudre. Je ne me suis jamais sentie à nu dans la tunique d'Aïda, mais je n'aurais pas supporté de m'exhiber devant tant de témoins dans un costume de bain à mi-cuisses, même si je n'ai aucune honte de mon corps ni aucune raison d'en avoir honte.

Au contraire même, j'aime mon corps avec une affection dans laquelle n'entre aucune vanité. Cela tient au fait que j'ai toujours, à presque trente ans, des formes rondes et douces qui me font paraître plus jeune que je ne le suis. Elles symbolisent l'enfant fragile que je ne suis plus et dont je n'ai pas su préserver les rêves purs. C'est pourquoi j'ai pour elles, pour ce que les auteurs de contes appelleraient ma chair fraîche, un instinct de protection plus maternel que narcissique. À travers le velouté de ma peau ferme, je caresse celle que j'étais autrefois et que j'ai trahie, je lui demande pardon et berce son innocence dans mes paumes. J'aimerais croire que je la console d'avoir souffert de rêves trop beaux pour ce monde, mais c'est plutôt moi que je console, moi qui devenue adulte n'ai plus le refuge de ces rêves pour m'abriter de la tyrannique réalité. Mes formes épargnées m'appartiennent encore, du moins jusqu'à ce que la corruption du temps me les dérobe. Ce n'est pas par pudeur que je préfère les cacher aux regards, mais pour préserver leur tendresse virginale.

Je n'allais pas expliquer tout ceci à Ida et je me suis contentée de lui dire que non, je ne souhaitais pas me baigner ; mais que si elle voulait le faire, je lui prêterais volontiers mon costume de bain. Elle a refusé sans plus d'explications et j'ai imaginé qu'elle s'abîmait dans des réflexions aussi douces-amères que les miennes. Ensuite nous nous sommes dirigées en silence vers la terrasse extérieure du café, chacune abîmée dans ses propres blessures alors que nous avions seulement envisagé la possibilité de nous baigner.

Mes pensées sont revenues au temps présent quand j'ai vu, à distance, Gabriel assis seul face à l'océan ; de part et d'autre de sa chaise longue, des groupes d'amis ou des familles devisaient gaiement, des ribambelles chamarrées qui s'exprimaient dans plusieurs langues et dont les mains parlaient tout autant que les langues. Les sièges parfaitement alignés et les jambes couvertes de plaids en cette heure matinale évoquaient un curieux sanatorium, où l'on testerait une cure de jouvence. Au milieu de cette vive fresque, Gabriel fixait, les épaules légèrement voûtées, la crête des vagues et leurs miroitements à perte de vue ; lui seul n'était pas sensible au miraculeux élixir. Sans m'en rendre compte, je me suis immobilisée pour l'observer. J'avais oublié que ma femme de chambre et ma duègne assistaient à ma longue stase.

Pour la première fois depuis des semaines, je ne regardais pas Gabriel comme une autorité, un homme à la voix cassante et au visage fermé qui renvoyait de moi les images les plus avilissantes, mais tel que je l'avais connu, tel qu'il refusait que je le voie désormais : un homme doux, souvent mélancolique, que le sens des affaires n'avait jamais détourné d'une certaine vision poétique.

Quand j'avais lu sa dernière lettre, je n'avais pas eu l'impression qu'il s'était moqué de moi pendant près de dix ans, conservant à une morte la plus belle part de son cœur, mais bien plutôt qu'il me quittait pour une autre. Sans doute, si j'ai imaginé Martha bien vivante et séduisante, prenant ma suite et non l'inverse, est-ce parce que j'entendais parler d'elle pour la première fois. Il est vrai que je n'avais jamais posé la moindre question à son sujet, de sorte que je ne m'en étais jamais formé la moindre représentation. Mais après que j'ai eu lu cette lettre, dans mon esprit plus tortueux que rationnel, sa femme a perdu son abstraction, naissant une nouvelle fois dans tout l'éclat de ses plus belles années, et Gabriel est devenu un homme nouveau appartenant à une autre, qui ne me verrait plus jamais comme une femme et ne m'autorisait plus à le voir comme un homme.

C'est pourtant ce que je faisais ce matin : j'observais un homme seul, triste et vieillissant, la fatigue blessée de son regard, la mâchoire un peu carrée à force de silence, les traits creusés dont on devinait la finesse passée. Je regardais l'embonpoint s'esquisser sous sa veste blanc cassé, la solidité de ses mains qui autrefois se posaient sur mes épaules quand je me blottissais contre lui, la tête sur sa poitrine. Ce matin, tandis que je contemplais cet homme trop grand pour sa fragilité, mon cœur s'est serré. Je n'avais pas le droit d'aller passer la main dans ses cheveux, d'enfouir mon visage dans le creux de son cou. Je n'avais peut-être même pas le droit de le dévisager ainsi. Je me suis rappelé la duègne au moment où je me suis formulé cette pensée. Ida et moi avons repris notre chemin vers le café.

Nous sommes à sa terrasse depuis plus d'une heure déjà, et malgré l'exutoire que représente ce journal, je suis affligée au-delà des mots, au point que tout me paraît misérable dès que je lève les yeux de mon carnet : les femmes riches me semblent seules, les enfants, fragiles dans leur bouleversante naïveté, et j'anticipe la déliquescence qui guette les jeunes gens, je peux nettement imaginer leurs traits dans une vingtaine d'années, aiguisés, abîmés par l'âge et les chagrins. Quelle fêlure personnelle me rend si sensible à la douleur du monde ? Est-ce de devoir laisser se dissiper une belle illusion de plus en ne pouvant fonder tous mes espoirs sur un admirateur tangible ? Est-ce d'ignorer quelle vie m'attend à mon débarquement et de regretter soudain violemment la vie sans passion mais si chaleureuse que j'avais auprès de Gabriel ? Lui que je croyais avoir vite oublié me manque tellement maintenant que je respire mal, et notre vie m'apparaît si précieuse que j'enfoncerais mes ongles dans les yeux de celui qui la jugerait médiocre. Est-ce alors de m'être salie à Paris, d'avoir irrémédiablement offert ma chair à la corruption ? Je ne saurais le dire, mais je sens mes muscles se rabougrir et, privée de toute énergie, je suis constamment au bord de l'évanouissement. Je vais tirer Ida de sa lecture et tâcher de me divertir en sa compagnie jusqu'à ce que nous apercevions les premiers immeubles de New York.

21 mai

Me voici de retour chez nous. Je suis là avec Samson, Ida, notre domestique Daisy et notre cuisinière Anna ; Gabriel a préféré prendre ses quartiers à l'hôtel tant que je ne serai pas partie. Il me manque terriblement, en particulier entre ces murs qui étaient faits pour accueillir notre bonheur, parmi ses meubles, au milieu d'objets et de vêtements qui lui appartiennent, me dardent son odeur et me rappellent tout le temps son absence. Ce sont les objets les plus triviaux qui me blessent le plus ; non pas les boutons de manchettes en or mais plutôt les pantoufles affaissées, trop négligées pour l'hôtel et dont il apprécie tant, ici, le confort et la familiarité.

Si je n'avais pas souffert de la solitude depuis plus de dix ans, aujourd'hui me reviennent avec précision les sensations physiques éprouvées tant de fois après le décès de Rodrigo puis celui de notre père quand, dans les couloirs hostiles de l'Institute of Musical Art, les éclats de rire de ceux qui n'étaient pas mes camarades se fichaient en moi, minuscules bris de verre projetés à la vitesse du son dans ma chair.

Hier, ma mère n'était pas sur le quai. Seul Samson avait bravé, pour m'accueillir, les hordes de journalistes effrontés ; la police empêchait les plus féroces photographes de me piétiner, ce qu'ils n'auraient pas hésité à faire si le cordon de sécurité s'était relâché. La scène était d'une sauvagerie digne des pires cauchemars et, de l'aveu même des reporters présents, jamais une célébrité n'avait attiré une foule si abondante et si dense, au comportement si peu civilisé. Les hommes de la police non plus ne se sont guère montrés amènes à mon égard ; j'ai deviné à travers leur poigne solide l'image peu favorable que mes concitoyens avaient de moi. Sur le quai, l'odeur de la réprobation égalait bien celles de la vase et des dernières fumées crachées par les cheminées du *Paris*, que son immobilité faisait retomber lourdement sur la foule.

Ida, Samson et moi nous sommes engouffrés dans une première voiture, Bert et Gabriel dans une seconde, et nous avons suivi des itinéraires différents jusqu'à l'Upper East Side. Dès que nous avons quitté la foule se sont ouvertes devant nous des perspectives que j'avais oubliées, auxquelles mon œil n'était plus accoutumé. C'était comme revenir à la grandeur nature après un long séjour, sur terre comme sur mer, dans des maquettes aux rues et allées étroites, basses et sinueuses, c'était comme quitter le décor somptueux d'une scène d'opéra pour regagner son modèle, comme prendre une respiration profonde, verticale. Je m'en suis ouverte à Samson ; il a objecté qu'à l'inverse, beaucoup d'Européens se sentent écrasés par nos imposants buildings. Pourtant, quelle liberté vous soulève dans ce Grand Canyon urbain ! Quelle paix de l'esprit vous permet l'anonymat d'une ville où, vu de loin comme de haut, vous êtes une miette, un grain de poivre dans une corbeille de baies mélangées, où le détail de votre personne n'est pas constamment jaugé par des milliers d'yeux. Dans les rues de Paris, bien que je me sois métamorphosée en une Mimi aux cheveux courts, je sentais à chaque instant brûler sur ma nuque ou sur mes hanches le regard d'inconnus en manque de distractions ; je ne cessais d'en chercher l'origine et la plupart du temps l'instinct me guidait vers elle, qu'elle se situe au troisième étage d'une maison, à la terrasse d'une brasserie ou derrière la grille d'un parc voisin. Tandis qu'à New York, je ne crains pas d'être regardée, excepté dans ma portion de la 66ᵉ Rue, dont quelques familles bien connues occupent depuis toujours les maisons bordées d'arbres centenaires, des familles bien trop distinguées pour manifester leur curiosité à mon égard. Leur éducation veut que, même si elles déplorent de devoir vivre dans ma promiscuité, elles s'inclineront poliment pour me saluer quand nous nous croiserons entre nos voitures et nos perrons.

Après que j'ai exprimé ces impressions, le silence s'est fait dans la voiture. Samson jouait nerveusement avec ses gants de soie blanche, pliant les doigts les uns sur les autres puis les dépliant inlassablement. Finalement, il a lâché les gants sur la banquette et m'a regardée droit dans les yeux pour me demander, d'une voix grave, comment j'allais. C'était la question la plus compliquée qu'il pouvait me poser, car il ne la posait pas uniquement par courtoisie, comme une simple question rhétorique. J'ai toutefois réussi à formuler une phrase qui convenait : « Je suis en proie à la plus grande confusion », lui ai-je dit. Il a hoché la tête.

– Que s'est-il vraiment passé ?

J'ai spontanément cherché les yeux de mon chauffeur dans le rétroviseur. Ce geste m'a montré combien je me sentais persécutée, au point de remettre en question les plus anciennes fidélités. Que pense-t-il de moi ? me suis-je interrogée. Quelle est sa théorie à lui, sa Carlotta Delmont à lui ? Malgré cela, je me suis efforcée de répondre à Samson.

– J'ai eu ce rhume.

J'ai lâché un petit éclat de rire et Ida m'a souri doucement.

– J'ai passé trop de temps dans ma propre compagnie, moi qui préfère celle des grandes héroïnes. Je me suis inventé une histoire qui m'évoquait les leurs et à cette fin je me suis trouvé un ténor ; quand ma voix est revenue, je n'avais plus besoin de ce divertissement mais c'était trop tard. Ma vie reposait sur une faille assez semblable à celle de San Andreas et mon 18 avril 1906 m'attendait là, à Paris, dans une ultime quinte de toux.

– On a reconstruit San Francisco, Carlotta. Vous vous reconstruirez, vous aussi. Vous pouvez compter sur mon aide et mon soutien.

J'avais envie de le serrer dans mes bras, mon vieil ami. Il était venu de Mount Kisko pour moi qui avais eu l'ingratitude de penser qu'il ne m'était pas si proche, qu'il ne ferait jamais partie de mon quotidien, et soudain il me brûlait de lui demander si je pouvais emménager chez lui, dans son havre de paix en marge de la ville, le temps d'avoir lavé mon âme et mon nom de toute la boue que j'avais remuée en Europe. Mais alors que j'allais lui faire cette proposition, j'ai cru entendre la mère du petit Raymond me traiter d'hystérique dans un murmure, et j'ai seulement remercié Samson pour sa sollicitude.

Grand bien m'a pris car ce soir, alors que nous prenions un verre dans le salon, Samson m'a proposé lui-même de séjourner chez lui, le temps de l'aider à finir sa nouvelle partition, *The Waste Land*. J'ai accepté avec une effusion euphorique telle que je n'en avais pas connu depuis l'enfance, quand papa nous annonçait que nous allions à Coney Island et que Rodrigo et moi faisions les Sioux autour de la table, dans la cuisine, sous le regard amusé de maman. À Mount Kisko, en compagnie de Samson et d'Ida, je pourrai reconstituer quelque chose de cet écrin familial qui me manque tellement. Nous partirons jeudi, lorsque Samson aura réglé ses affaires à New York et que ma pauvre Ida, si longtemps déracinée, aura pu revoir les siens. Il me tarde tant de repartir que je vais devoir me faire violence pour ne pas préparer mes malles dès demain...

Le premier baiser d'avril
est à moi[*],
une pièce de Shawn O'Neal

* Dans *La Bohème* de Puccini, Mimi chante « *Ma quando vien lo sgelo / Il primo sole è mio / Il primo bacio dell'aprile è mio.* » Soit, en substance, « Mais lorsque arrive le dégel, le premier soleil est à moi, le premier baiser d'avril est à moi. »

Première donnée au Maxine Elliott Theater de New York, le mercredi 14 avril 1937, dans une production du Federal Theatre Project of The WPA.

Personnages

Miranda Calder, *cantatrice.*

Alma Pecanino, *gouvernante de Miranda Calder.*

Samuel Hatter, *compositeur.*

Angelo Baratt, *chanteur lyrique, ancien amant de Miranda Calder.*

Suzanne Poirier, *infirmière.*

Jack Powers, *prestidigitateur.*

Gerald Homer, *ancien compagnon et imprésario de Miranda Calder.*

Elmer Jenkins, *pianiste, accompagnateur de Miranda Calder.*

Colin, *majordome de Samuel Hatter.*

Rosie Daniels, *domestique chez Gerald Homer et Miranda Calder.*

L'homme au singe.

Deux petites danseuses.

Acte I

New York. Une maison de ville dans l'Upper East Side. Le salon, sobre mais luxueux, occupe toute la scène. Tapis, fauteuils et canapé blancs, fleurs blanches, consoles et dessertes de bois exotique, toiles modernes et néanmoins figuratives ; un bar aux formes géométriques en sycomore et érable moucheté, un gramophone. Une chaise austère contre le mur du fond, en retrait. Sur une table basse, une pile de lettres et de télégrammes.

Alma Pecanino, en tenue de ville, et Rosie Daniels, en uniforme, entrent côté cour ; elles trottinent jusqu'à la table, très agitées.

Rosie – J'ignorais que… J'ai pensé qu'elle aimerait voir toute l'attention dont elle a été l'objet.

Alma – Mieux vaut lui laisser un peu de temps. (*Elle pose le tas de courrier sur le tablier blanc que Rosie tend devant elle.*) Peut-être devrais-je trier tout ceci, ne lui transmettre que les témoignages amicaux.

Rosie – Seuls ses amis connaissent cette adresse.

Alma – Dans certaines circonstances exceptionnelles, les amis cessent d'en être, et cite-moi une situation plus extraordinaire que celle-ci.

Rosie, *comme une ritournelle.* – Tout le pays n'a parlé que de ça pendant des semaines et des semaines.

Alma – Mais Madame n'en a aucune conscience et je préfère lui épargner un choc trop brutal.

Rosie – J'ai débarrassé les journaux et les magazines. Je les ai cachés dans ton placard, comme tu me l'avais demandé, mais ce n'était pas nécessaire : pourquoi Madame irait-elle dans ta chambre ?

Alma – Elle l'a déjà fait.

Rosie – Vraiment ? Qu'est-ce qu'elle te voulait ?

Des voix indistinctes proviennent des coulisses, côté cour.

Alma – Dépêche-toi, je les entends approcher.

Rosie part au petit trot, son tablier maintenant chargé de lettres et de télégrammes toujours tendu devant elle. Elle sort côté jardin. Alma se tourne vers la porte côté cour au moment où apparaissent Miranda Calder, Samuel Hatter, Elmer Jenkins et Suzanne Poirier. Suzanne va s'asseoir en arrière-plan, sur la chaise austère, et n'en bougera plus avant longtemps.

Miranda – Oh, Alma, pourrais-tu appeler Rosie pour qu'elle nous confectionne des cocktails ?

Alma – Je vais les préparer moi-même, Madame.

Miranda – Alors n'oublie pas de t'en servir un aussi.

Samuel, qui esquissait le geste de s'asseoir, marque une légère pause de surprise, puis se laisse tomber dans un fauteuil.

Miranda – Dieu sait ce que je serais devenue en Europe sans cette chère Alma.

Alma ouvre le bar et commence ses mélanges. Miranda prend place sur le canapé, à angle droit du fauteuil qu'a choisi Samuel. Quant à Elmer, il reste debout, les mains jointes devant les cuisses, visiblement embarrassé.

Miranda – Asseyez-vous, Elmer, j'ai vu assez de corps s'agiter et se bousculer toute la journée à bord du paquebot, j'ai besoin de me reposer les yeux.

Elmer – C'est que, Madame, j'ai quelque chose à vous dire.

Miranda – Ne pouvez-vous parler assis ?

Elmer – Ce sera très bref. (*Il sort une enveloppe de la poche intérieure de sa veste.*) Voici mon congé, Madame.

Sursaut général des autres protagonistes, à l'exception de Suzanne qui conserve une immobilité minérale. Le buste de Miranda se tend et son cou s'étire ; Samuel enfonce les doigts dans l'accoudoir de son fauteuil ; du bar provient le bruit de récipients en verre entrechoqués brutalement.

ELMER – Je suis désolé, Madame. Ce fut un immense privilège d'accompagner au long de toutes ces années la plus grande cantatrice de notre époque.

MIRANDA, *défiante.* – Mais ?

ELMER – Mais j'ai deux enfants à nourrir, Madame.

MIRANDA – Eh bien, courez-y. Gerald Homer vous réglera vos derniers gages.

ELMER – C'est déjà fait, Madame. (*Avec une courbette.*) Au revoir.

Il sort. Miranda, Samuel et Alma le regardent quitter la scène.

MIRANDA, *sans passion.* – Quel arrogant. Je ne miserais pas trop vite sur ma disparition des scènes américaines.

SAMUEL – Nous veillerons à ce que le talent l'emporte sur le potin, Miranda.

MIRANDA – Mais, au fond, qu'est-ce qu'un potin ? (*Hésitante, comme si elle lisait un billet mal écrit.*) Le viol d'une intimité, la première pierre d'une légende, une statue de boue moulée par des mains inexpertes d'après un modèle aperçu du coin de l'œil. (*Vivement.*) Je ne suis pas la Miranda Calder dont les gens parlent, je ne me reconnais pas dans les articles de magazines et ce n'est pas mon reflet que je vois dans les yeux arrondis des commères.

ALMA, *à part.* – Et vous n'avez encore rien lu ni entendu.

MIRANDA – Le public est un enfant colérique et il a vu en moi un jouet à casser pour passer ses nerfs.

ALMA, *à part.* – L'agneau sacrificiel.

MIRANDA – Moi, j'entends lui reprendre son jouet. Qu'il s'invente d'autres divertissements.

ALMA, *à part.* – Annule-t-on un sacrifice ?

SAMUEL – Il faut que vous vous produisiez, Miranda, car tout ce que le public devrait entendre de vous, c'est votre voix ; et tout ce qu'il devrait voir de vous, c'est votre art de tragédienne. Cela uniquement devrait le divertir.

ALMA, *à part.* – Hélas, il ne voit plus que vos scandales. (*À Miranda.*) L'étalage de votre vie privée, Madame, lui offre une véritable catharsis. Il ne vous méprise pas, ne vous réprouve pas, mais il est fasciné, il veut approcher et observer celle qui a osé faire ce qu'il ne fera jamais. Il se purge de toutes ses passions, terreurs et frustrations en lisant les articles qui vous sont consacrés, il frémit d'imaginer qu'il pourrait être à votre place alors même qu'il ne le pourrait pas : il est bien trop veule. (*Elle pose sur la desserte un plateau en argent surmonté de trois verres colorés.*) Je vais chercher de la glace pilée.

Miranda hoche la tête, rêveuse. Alma sort côté jardin.

SAMUEL – Quelle effrontée ! Comment pouvez-vous supporter une domestique si bavarde ?

MIRANDA – Ce n'est pas vraiment une domestique, plutôt…

SAMUEL – Plutôt ?

MIRANDA – Elle est assez perspicace. N'acquiescez-vous pas à ce qu'elle vient de dire ?

SAMUEL – Là n'est pas la question. Vous sentez-vous déchue au point que vous acceptiez la familiarité de votre caministe ?

MIRANDA – Qui n'a jamais eu envie de disparaître ? D'effleurer d'autres vies, de goûter l'absolue liberté que seuls connaissent vraiment les morts et les fous ? Comme je n'étais pas morte, il fallait donc que je sois folle. (*Elle rit nerveusement en se tournant vers Suzanne, toujours assise très droite sur la chaise austère, en retrait.*) Je ne sais pas ce que pensent les gens, mais j'imagine qu'ils rêvent parfois de quitter leur mari ou leur femme, leur travail, leur milieu, que sais-je encore ; moi, j'ai tout quitté d'un coup. Je me suis accordé des vacances, puis je suis rentrée. Je dois faire des jaloux, Samuel, reconnaissez-le.

SAMUEL – N'en soyez pas si sûre. Ne laissez pas le discours de cette Alma vous obscurcir les idées.

Gerald Homer entre d'un pas vif, un carnet ouvert à la main. Miranda et Samuel se taisent et l'observent avec une espèce de crainte, mais lui ne les voit même pas. Il se dirige tout droit vers le téléphone.

GERALD – Opératrice ? Passez-moi le Knickerbocker Hotel.

Il attend et, ce faisant, se tourne vers Miranda et Samuel, qui cessent alors de l'épier. Gerald les balaie d'un regard indifférent.

SAMUEL, *mal à l'aise.* – Comment avez-vous trouvé l'Italie ?

GERALD – Bonjour, Gerald Homer à l'appareil. Je veux réserver une suite.

MIRANDA – Je n'ai pas eu à la chercher.

GERALD – Pour une durée indéterminée.

SAMUEL – Et comment vous a-t-elle trouvée ?

GERALD – H-O-M-E-R. Gerald. Imprésario.

MIRANDA – En guettant ma venue à tous les coins de rue.

GERALD – Sur la 42ᵉ Rue. Le plus haut possible, j'ai le sommeil fragile.

SAMUEL – Vous devez être bien fatiguée.

GERALD – Dès ce soir. Le temps de faire mes bagages.

MIRANDA – Constamment somnolente, au point que la vie entière a l'air d'un songe.

GERALD – Merci, au revoir.

Il raccroche et, sans un regard pour les autres, sort d'un pas vif. Samuel vérifie qu'il peut parler librement.

SAMUEL, *bas et vite*. – C'est préférable. Vous ne pourriez endurer bien longtemps un environnement si tendu.

MIRANDA – Il serait pourtant plus logique que ce soit moi qui parte, et ce à deux titres : la maison appartient à Gerald, et c'est moi qui ai commis ce... Peut-on parler d'adultère quand on n'a jamais été mariée, jamais demandée en mariage ?

SAMUEL – Gerald vous laisse simplement le temps de chercher un endroit dans lequel vous vous sentirez bien. Ne vous inquiétez pas pour lui.

MIRANDA – En quelques minutes, je viens de perdre mon pianiste, mon imprésario et mon compagnon.

SAMUEL – C'est le prix de vos... vacances, hélas.

Alma revient avec un seau de glace pilée, en verse dans les verres puis, comme Miranda lui désigne un siège de la main, s'assied. Tous trois lèvent leur verre en un toast silencieux, sirotent, puis se regardent avec une soudaine timidité.

MIRANDA, *courageusement, à Samuel*. – Vous, au moins, vous ne m'abandonnez pas.

SAMUEL – Je compte au contraire vous solliciter très rapidement. J'écris en ce moment même une petite série de mélodies ajustées à votre voix, sur des poèmes de Hart Crane. Voudriez-vous bien venir les essayer à mon domicile ? Si vous consentez à passer quelque temps à la campagne pour vous pencher sur ce projet, je serai un compositeur comblé.

MIRANDA – Mais volontiers. Quand cela serait-il possible ?

SAMUEL – Le plus tôt sera le mieux. La création de l'œuvre est prévue en octobre, elle ouvrira la nouvelle saison du Met.

MIRANDA, *euphorique.* – C'est fantastique ! Portons un toast à cette excellente, à cette miraculeuse nouvelle. (*Ils lèvent de nouveau leur verre.*) À un ami formidable.

SAMUEL – À la meilleure soprano d'Amérique.

ALMA – À une association prometteuse.

MIRANDA – Au projet le plus exaltant de ma vie. Qui est ce Hart Crane ?

SAMUEL – Un jeune poète américain. Encore plus jeune que vous, je crois bien.

MIRANDA – J'ai tellement hâte ! Alma, pourras-tu préparer nos malles ? Quand tu auras fini ton verre, naturellement.

SAMUEL, *prudemment.* – Êtes-vous sûre de vouloir emmener Miss Pecanino ? (*Souriant à la gouvernante.*) Vous risqueriez de vous ennuyer chez moi, tout le travail sera fait par mes... par mon personnel.

MIRANDA – Alma ne s'ennuie jamais. N'est-ce pas, Alma ?

ALMA – En effet, Madame. Cependant, si nous pouvions plutôt partir demain, cela me permettrait de rendre visite à ma famille ce soir et d'acheter quelques livres.

MIRANDA – Demain, bien sûr. Il est trop tard, je suppose, pour prendre un train ce soir même.

Samuel hausse les épaules, renonçant à parlementer.

ALMA – Si vous le permettez, Madame, j'aimerais me rendre dès à présent chez ma sœur.

Miranda – Très bien. Je n'aurai plus besoin de toi ce soir de toute façon.

Alma – Puis-je ne revenir que demain matin ?

Miranda, *tâchant de cacher sa réticence.* – Oui, pourquoi pas ?

Alma, *dans une courbette.* – Merci, Madame. (*Courbette vers Samuel.*) Monsieur. (*Vers Miranda.*) Madame. *Elle sort.*

Samuel – Vous n'aimez vraiment pas vous séparer d'elle… Du moins votre accompagnateur ne devrait-il pas vous manquer, s'il vous convient que je prenne sa place pendant votre séjour à Mount Kisko.

Miranda – Vous me faites un immense honneur. J'attendrai donc mon retour ici pour auditionner d'autres pianistes. Mais au fait : Gerald ! (*À l'infirmière toujours en retrait.*) Suzanne, auriez-vous l'obligeance d'appeler Mr Homer ? (*À Samuel.*) Il n'a pas besoin d'aller s'installer à l'hôtel maintenant.

Samuel – En effet.

Miranda, *voyant que l'infirmière n'a esquissé aucun geste.* – Je le fais appeler, je serai de retour dans un instant.

Elle sort en courant. L'infirmière se lève calmement et la suit d'un pas lent mais rigide. Seul dans le salon, Samuel se racle la gorge, se trémousse dans son fauteuil, puis va choisir un disque, qu'il met sur le gramophone. Il tourne la manivelle, pose l'aiguille sur le disque – il s'agit de Sola, perduta, abbandonata, *air tiré de la* Manon Lescaut *de Puccini, interprété par Carlotta Delmont. Il reste debout devant le gramophone, tête baissée comme s'il se recueillait. Entrent Miranda et Gerald, suivis à distance par l'infirmière, qui regagne son siège.*

Gerald – Pourriez-vous arrêter cette musique déprimante, Sam ?

Samuel, *fébrile.* – Bien sûr.

Il s'exécute au plus vite, à grands gestes maladroits.

Miranda, *coquette.* – Tu pourrais qualifier cette musique de poignante, plutôt que de déprimante, ce serait plus aimable.

Gerald, *sèchement.* – J'ai eu mon compte d'amabilités. Qu'avez-vous à me dire ?

Miranda – Samuel m'invite chez lui, à Mount Kisko. Nous partons dès demain.

Samuel, *comme pour s'excuser.* – Ce ne sera que le temps de finir une partition. Un mois ou deux, peut-être.

Gerald – Aussi longtemps que vous le voudrez.

Miranda, *concernée, presque caressante.* – Ainsi tu peux rester chez toi, disposer de tout ce dont tu as besoin au quotidien. C'est préférable, n'est-ce pas ?

Gerald – Évidemment. Merci, Sam. (*Il se dirige vers le téléphone.*) Opératrice ? Le Knickerbocker Hotel.

Bras ballants devant le phonographe, Samuel darde un regard inquiet, compatissant, sur Miranda. Celle-ci se pelotonne sur le canapé, enserre dans ses bras ses jambes repliées. Samuel va s'asseoir dans le fauteuil de tout à l'heure.

Gerald – Une annulation. Au nom de Gerald Homer. H-O-M-E-R. J'ai appelé il y a quelques minutes.

Chacun de leur côté, Miranda et Samuel semblent se refermer comme des fleurs quand le soleil se retire, s'affaissant peu à peu sur eux-mêmes. L'infirmière est toujours très droite sur sa chaise, les mains jointes sur les cuisses.

Gerald – Pas du tout, je suis simplement libéré de mes obligations. Très bien, merci. Au revoir.

RIDEAU

Acte II

Un salon de musique à la campagne. Par la fenêtre grande ouverte, on aperçoit une végétation fournie, une lumière vive évoquant l'été. Dans la pièce, une bibliothèque, un piano à queue, une table basse et ronde entourée de quatre fauteuils Louis XV ; quelques fleurs des champs dans un petit vase étroit, un bouquet plus fourni sur le manteau de la cheminée ; quelques toiles d'inspiration champêtre sur le papier mural fleuri. Chants d'oiseaux en fond sonore.

Samuel Hatter, nerveux, s'assied au piano, joue quelques notes, se relève, gagne la porte d'un pas conquérant, l'ouvre, s'immobilise et tend l'oreille quelques instants. Puis il referme la porte, retourne au piano, fait mine de jouer mais change d'avis, se relève, ouvre de nouveau la porte, écoute puis appelle.

SAMUEL – Colin !

Il s'éloigne de la porte, qu'il laisse ouverte. Il prend une cigarette dans une boîte posée sur la table basse et l'allume. Colin se présente au seuil du salon, en livrée de majordome.

COLIN – Oui, Monsieur.

SAMUEL – Savez-vous où est Miss Calder ?

COLIN – Miss Calder est alitée, Monsieur. Elle est souffrante.

SAMUEL – Souffrante ? De quoi souffre-t-elle au juste ?

COLIN – Voulez-vous que j'aille le demander à son infirmière ?

SAMUEL – Envoyez-la-moi plutôt.

COLIN – Bien, Monsieur.

Il sort, referme la porte derrière lui. Samuel continue

de fumer, prend de sa main libre un verre posé sur un rayonnage de sa bibliothèque, puis une carafe, débouche la carafe et se verse un fond de whisky.

Samuel – Dire que j'ai trois femmes à ma charge alors que je n'ai même pas de goût particulier pour les femmes. (*Il boit une gorgée.*) Trois femmes à mes crochets, deux mois perdus, et une échéance qui approche. Comment en suis-je venu à risquer une place si chère pour les caprices d'une diva ? (*On frappe à la porte.*) Entrez !

Entre l'infirmière, droite, raide et le visage fermé à son habitude.

Suzanne – Vous m'avez fait appeler, Monsieur ?

Samuel – Je veux savoir ce qui arrive à Miranda Calder. Quand s'estimera-t-elle en état de travailler ?

Suzanne – Miss Calder est dépassée par les événements récents. La justice française lui a porté un coup terrible. À ce propos, savez-vous que je quitte son service à la fin de la semaine ?

Samuel – Non, je l'ignorais.

Suzanne – Je rentre en France. Dès qu'elle aura payé sa dette à mon pays, le sort de Miss Calder ne sera plus de notre ressort.

Samuel – Vous étiez chargée de rendre un avis sur l'évolution de son état ?

Suzanne – Miss Calder n'est pas un danger. Elle est responsable de ses actes et les assume. Par ailleurs, la vie va devenir plus dure pour elle dans un avenir très proche. Pour commencer, sa situation financière va se compliquer. J'ignore même si elle pourra garder Miss Pecanino à son service. Je crains qu'elle ne doive changer complètement de vie.

Samuel – Sauf si elle se ressaisit dès à présent. Elle me le devrait autant qu'à elle-même. Vous n'imaginez

pas la peine que j'ai eue à convaincre Giulio Gatti-
Casazza de la laisser créer ma série de mélodies au
Met. Si elle rappelle au public new-yorkais l'immense
talent qui est à l'origine de sa notoriété, elle sauve sa
carrière. Mais si elle ne réagit pas très vite, elle est
finie. Finie.

SUZANNE – Je comprends bien l'enjeu, Monsieur.
Mais le faire admettre à Miss Calder sera plus difficile.

SAMUEL – Avez-vous au moins essayé de lui parler ?

SUZANNE – Ma présence lui est insupportable, elle
ne m'écouterait pas. Quant à Miss Pecanino, elle fait
tout ce qu'elle peut pour éviter à Miss Calder l'écueil
que nous savons.

SAMUEL – Êtes-vous bien sûre qu'elle ne l'encourage
pas dans ses erreurs ? Je me méfie de cette femme.

SUZANNE – Elle ne lui dirait rien qui puisse lui nuire.
Elle est très attachée à Miss Calder, et beaucoup plus
perspicace qu'elle. Miss Calder n'est pas vraiment ici
et maintenant, vous le savez.

SAMUEL – Ce qui ne l'a pas empêchée de connaître
une irrésistible ascension pendant près de dix ans.

SUZANNE – Sous l'active protection de Mr Homer.

Samuel éteint rageusement sa cigarette.

SAMUEL – Elle souffre de dépression nerveuse, c'est
bien cela ?

SUZANNE – Elle en présente certains symptômes.

SAMUEL – L'inactivité ne va pas l'aider à se sentir
mieux. (*La porte s'ouvre en silence et ni Samuel ni
Suzanne ne voient Miranda s'avancer dans la pièce.*)
Amenez-la-moi, je veux essayer de lui parler.

SUZANNE – Je vais faire ce que je peux, Monsieur.

MIRANDA – Suzanne (*Samuel et Suzanne sursautent*),
je crois que je n'avais jamais entendu le son de votre
voix. Vous êtes contralto, assurément.

SUZANNE, *flegmatique*. – Je ne saurais vous dire, Madame.

MIRANDA – De quoi voulez-vous essayer de me parler, Sam ?

SAMUEL – Du travail que vous négligez, et des conséquences dramatiques que pourrait bien avoir cette négligence.

MIRANDA – Alors qu'attendons-nous ? Me voici, toute fraîche, lavée, habillée malgré la certitude de ne croiser personne d'autre que vous d'ici mon coucher.

SAMUEL – Il est presque trois heures. Vos absences répétées nous ont fait perdre trop de temps pour que nous puissions nous payer le luxe de ne travailler que trois heures par jour.

MIRANDA – Allez-vous me reprocher ces absences ? La justice n'attend pas, les banques n'attendent pas, et il me fallait impérativement un nouvel imprésario pour me tirer d'affaire. Tout cela ne se fait pas en une journée.

SAMUEL – Admettons. Mais il s'agit désormais d'avancer vite. Ma crédibilité est en jeu, tout autant que la vôtre. Si vous vous moquez de sombrer, ne m'entraînez pas avec vous.

MIRANDA – Voilà où nous en sommes ? De si vieux amis ?

SAMUEL – Je n'ai jamais imaginé que ma commisération me mènerait jusqu'au suicide. Le simple fait de vous soutenir me met dans une position délicate. Vous imposer au Met est un acte de bravoure. Mais jamais je n'aurais pensé prendre un risque en vous accordant ma confiance pour un travail. Je vous ai connue volontaire, passionnée, inlassable.

MIRANDA – Le chant brûlait dans mes veines, d'un feu que l'on m'a dérobé.

SAMUEL, *avec un rire bref et sans joie.* – Vous prenez-vous pour une divinité ?

ALMA, *faisant irruption dans la pièce.* – Madame, attention à ce que vous allez répondre.

SAMUEL – Vous écoutez aux portes, petite impudente ?

MIRANDA – Savez-vous pourquoi j'étais la meilleure ? Parce que je pouvais devenir à volonté chaque héroïne que l'on confiait à mon interprétation. Non seulement je le pouvais, mais je ne savais pas faire autrement. Mon premier baiser, je l'ai donné à Dick Johnson ; mes lèvres n'ont pas effleuré celles de Beniamino Gigli mais seulement celles de Dick Johnson et je n'étais pas Miranda Calder, mais Minnie. Mes seuls vrais baisers, je les ai donnés à Mario Cavaradossi, à Andrea Chénier, à Des Grieux. Mes seules vraies amours, je les ai vécues fardée, costumée, dans la chaleur moite de la rampe. Quand je me suis laissé convaincre de donner les lèvres de Miranda Calder à la bouche d'un homme qui n'était plus Mario, qui n'était plus Pollione, la fosse est restée silencieuse, les mots avaient la platitude d'un vulgaire vaudeville et la lumière avait le gris sale d'une aube indécise.

SUZANNE – Avez-vous jamais oublié que vous étiez Miranda Calder ?

MIRANDA – Cessez ce jeu ridicule. Prenez ma fortune, donnez ma fortune aux théâtres français, mais rendez-moi la liberté que votre ombre a trop longtemps corrompue, et par pitié, laissez-moi l'intégrité de mon esprit, même s'il n'a pas été fondu dans le moule que vous appelez santé, ou équilibre. Ce moule a la platitude d'un vulgaire vaudeville, et votre monde entier n'est que vaudeville, oh je le sais maintenant.

ALMA, *anxieuse.* – Madame !

MIRANDA – J'ai voulu m'enfuir, longtemps je me

suis tenue en retrait de votre comédie. Je sortais de ma veille aussi souvent que mes costumes sortaient de leurs housses, et le reste du temps, à l'abri, je me préservais des souillures ordinaires. Sur terre, tout éclabousse, poudroie, macule, déteint, tout se déforme, s'effrite, s'effiloche, se désagrège et se salit. Je me suis protégée des dégradations pendant près de trente ans, puis d'un coup – en un baiser, une étreinte – j'ai senti mon corps et mon âme se flétrir, grimacer, se couvrir, révulsés, de croûtes purulentes. Il n'y avait plus nulle part où m'enfuir et je me cognais contre les murs comme une mouche percute plusieurs fois la même vitre, jusqu'à ce que quelqu'un entrouvre la fenêtre. Il aurait pu être n'importe qui.

ALMA, *autoritaire*. – Nous savons tout cela, Madame.

SAMUEL – Silence !

MIRANDA, *de plus en plus acerbe*. – Vous connaissez surtout la suite. J'ai échoué à vivre parmi les hommes et je dois payer de n'être pas comme eux, de n'être pas soluble dans leur masse indistincte. Je dois le payer de ma fortune, mais cela importe peu. Je dois le payer de mon art, autant dire de ma vie. Vous le savez aussi bien que moi, Samuel, jamais je ne retrouverai mon éclat d'autrefois. Si je chantais *Tosca* mieux que jamais, le public verrait toujours Miranda Calder sous son fard, il verrait la petite fiancée de la presse à scandale, mais il ignorerait toujours qu'à travers Tosca, c'est Miranda Calder qui dit *Vissi d'arte*. J'imagine d'ici ma notice nécrologique : « Miranda Calder, personnage public à l'aura sulfureuse ; s'est également essayée à l'art lyrique sur quelques grandes scènes. » (*Maintenant furieuse.*) Et vous dites que moi, je suis indécente ? Et vous vous demandez si moi, je suis saine d'esprit ?

SUZANNE – Surveillez-la. Je vais chercher son calmant.

MIRANDA, *hystérique*. – Non ! Finies, les piqûres. Mon sang sera pur désormais, mon corps ne sera plus jamais le creuset de vos expériences chimiques et je vais payer mon intégrité physique assez cher pour que vous disparaissiez dès à présent de ma vue, vieux dragon !

Suzanne sort.

ALMA – Madame, je vous en conjure, reprenez-vous. Asseyez-vous. (*Elle prend les mains de Miranda dans les siennes et la guide jusqu'à un fauteuil, où Miranda se laisse tomber.*) Cette femme sera partie dans quatre jours. Montrez-lui ce qu'elle veut voir, vous êtes si bonne comédienne, jouez-lui son vaudeville préféré. Vous avez tenu près de trois mois, résistez encore quatre jours. Bientôt vous serez libre. Libre de rejeter ce monde si vous le souhaitez.

SAMUEL – Ne vous taisez-vous donc jamais ?

MIRANDA – Alma me fait tellement de bien. N'acquiescez-vous pas à ce qu'elle vient de dire ?

MIRANDA ET SAMUEL, *en chœur*. – Là n'est pas la question.

MIRANDA – Je sais. Qu'allons-nous chanter cet après-midi ? Je crois que nous nous étions arrêtés à *My Grandmother's Love Letters*. (*Elle déclame.*) « *Are your fingers long enough to play / Old keys that are but echoes : / Is the silence strong enough / To carry back the music to its source / And back to you again** ? »

SAMUEL – C'est le premier poème de la série.

MIRANDA – Certes, je nous ai retardés. Mais, bien qu'il ne comble aucunement mon insondable besoin de ces romances que la vie m'interdit, je me suis

---

* « Tes doigts sont-ils assez longs pour atteindre / Les vieilles touches qui ne sont qu'échos : / Le silence est-il assez fort / Pour ramener la musique à sa source / Puis de nouveau vers toi ? »

approprié ce texte. Il s'agit d'un exploit, et je n'aurai plus à apprendre la gymnastique de cette poésie pour les mélodies suivantes.

SAMUEL – Voilà qui me rassure.

Ils restent silencieux.

RIDEAU

Acte III

*Les coulisses d'un théâtre de petite ville. D'un côté,
la loge collective des artistes féminines ; de l'autre,
un large couloir flanqué d'une rangée de chaises et
d'une fontaine d'eau, ainsi que l'entrée des coulisses.
Aux murs, de nombreuses affiches de vaudeville. Au
plafond, des ampoules nues baignent les lieux d'une
lumière glauque. Trois chaises sont occupées par des
personnages quasi immobiles, que l'on pourrait presque
prendre pour des pantins : un homme au visage terne et
fatigué chique auprès de son singe en salopette rouge,
qui s'épuce nonchalamment ; plus loin, une danseuse
en tenue suggestive fume des cigarettes en fixant le
vide. On entend en fond une voix inintelligible dans
un micro, et parfois des rires et applaudissements
peu fournis. Dans la loge, deux femmes se maquillent
en silence devant le grand miroir cerclé de lumières
jaunes. L'une d'elles est Miranda Calder. Elle porte
les mêmes vêtements que dans le premier acte, mais
ils semblent déformés et délavés. Elle a les traits tirés,
le teint pâle et la mine renfrognée.*

*Elle achève de mettre ses boucles d'oreilles et sort
dans le couloir. Sa démarche a conservé toute son élégance, mais dans ce contexte elle prend une dimension
à la fois prétentieuse et pathétique. Elle tire un verre
d'eau à la fontaine et se penche comme pour apercevoir
quelque chose au fond du couloir. Finalement, elle
choisit une chaise à distance du singe et s'y assied. Un
air d'ennui se dessine à peine sur son visage, quand
fait irruption, d'une porte latérale, Angelo Baratt. Il
porte un costume bon marché mais sa mise est soignée.*

Miranda, le voyant, renverse la moitié de son verre.
Angelo, quant à lui, s'immobilise net.

MIRANDA, *comme dans un rêve.* – Angelo !

ANGELO – Que faites-vous ici, Miranda ?

MIRANDA – Je chante.

ANGELO – Vous êtes…

MIRANDA, *avec un sourire amer.* – Magda Chandler.
Seriez-vous le nouveau partenaire que l'on m'a
annoncé ?

ANGELO – Alfredo Ferrer. (*Ils rient.*) Je viens de
signer mon contrat.

MIRANDA – Quelle abominable ironie… Ne me dites
pas que ce producteur est assez gâteux pour avoir
oublié… Ce n'était qu'il y a cinq ans.

ANGELO – Il s'est passé tant de choses en cinq ans.
Tellement de choses bien plus vertigineuses que vous
et moi.

MIRANDA – Mais allez-vous pouvoir chanter avec
moi ? Vous avez tout perdu par ma faute, vous devez
me détester.

ANGELO – Je n'ai perdu que vous par votre faute.
Et encore : vous n'aviez jamais été à moi. Qu'est-ce
qu'une nuit dans une vie ? Une nuit au terme d'un très
long rêve, mais les rêves se dissipent un jour aussi
subtilement qu'ils ont éclos, en un battement de cils
c'est comme s'ils n'avaient jamais existé.

MIRANDA – Je ne voulais pas vraiment parler de moi,
ni de nous. Je constate simplement que vous aussi,
vous… (*Elle balaie la silhouette d'Angelo d'un geste
de la main.*)… devez vous produire dans ce genre de
théâtre.

ANGELO – Vous n'y êtes pour rien. J'ai tout perdu
en 29. À cette époque, je jouais frénétiquement en
Bourse, c'était presque comme parier aux courses :

j'avais mon bookmaker, mes tuyaux, mes camarades de jeu. Certains d'entre eux s'en sont mieux tirés que moi. Groucho Marx est à Hollywood maintenant. Mais moi, je suis allé trop loin.

Tout au long de cette réplique, Miranda est restée tétanisée. Puis elle glousse comme si Angelo venait de lui faire un canular.

MIRANDA – Vous ? Jouer en Bourse ?

ANGELO – On ne m'y reprendra pas. Après avoir tout perdu, j'ai d'abord envisagé de me supprimer, ensuite j'ai préféré sombrer dans l'alcool et j'ai perdu mon imprésario, tous mes contacts, et jusqu'à mon nom il y a quelques minutes, quand j'ai signé ce contrat.

MIRANDA, *toujours dubitative.* – C'est ce que vous avez fait entre notre euh, affaire, et le krach de 29 ? Vous avez joué en Bourse ?

ANGELO – J'ai surtout beaucoup chanté, j'en avais tellement besoin. J'étais très apprécié au Mexique et j'ai fait une tournée de récitals à travers toute l'Amérique du Sud. Vous ne le saviez pas ?

MIRANDA – Après le décès de ma mère, j'ai cessé de lire les journaux. (*Agitée.*) Comment peut-on accuser une fille d'avoir causé la mort de sa mère ? Ces gens vont trop loin, je… (*Elle se ressaisit.*) Je n'avais donc aucune nouvelle d'Amérique du Sud, ni de vous. Vous avez fait des récitals…

ANGELO – J'ai aussi joué *Otello* pendant plusieurs semaines et créé des pièces pour voix et orchestre à la demande d'un jeune compositeur brésilien. Mais vous aussi, vous avez quitté les feux de la rampe sur une création, si je me rappelle bien.

MIRANDA – Les feux se sont éteints pour moi avant même que j'aie atteint la dernière syllabe de mon texte. J'aurais pu chanter dans une langue morte, à l'envers et sans prononcer les consonnes, personne n'aurait rien remarqué. Le public était seulement venu procéder à ma mise à mort.

ANGELO – C'est ce que j'ai entendu dire. Roger B. Thomas y était et m'a raconté toute la scène. C'est un ami.

MIRANDA – Et l'un des rares critiques à m'avoir soutenue après ce spectaculaire fiasco. Pouvez-vous imaginer cela ? L'on m'a jeté au visage les noms de traînée, d'hystérique, de bohème. (*Angelo hoche gravement la tête.*) Puis quelqu'un a crié *Laisse la place à Monica Scott* et tout le monde a pu l'entendre distinctement, car à cet instant l'orchestre attendait de commencer, le chef levait tout juste sa baguette. Je ne saurai sans doute jamais si j'étais aussi mauvaise ce soir-là que j'en avais l'impression, mais je sentais tous mes viscères trembler en moi au point que j'ai cru ma dernière heure venue. Je croyais avoir une hémorragie interne, j'ai pensé, *Je vais mourir sur scène mais ce sera sous les huées, quel funeste destin !* Mais non, j'ai survécu aux tremblements, j'ai survécu à l'humiliation, à la solitude, à la pauvreté. J'y survis chaque jour.

Une danseuse sort de la loge des femmes et va s'asseoir auprès de celle qui fume. À son tour, elle allume une cigarette. Les deux jeunes femmes ne se parlent ni ne se regardent.

ANGELO – Voyez-vous encore Samuel Hatter ?

MIRANDA, *avec un rire méchant.* – Quelle idée. Savez-vous qu'il a enregistré nos mélodies avec Monica Scott, et que c'est un grand succès pour Decca ? Ma rivale de toujours...

ANGELO, *pensif.* – Nous ne pesions pas si lourd, n'est-ce pas ?

MIRANDA – Nous ne comptions pour rien. On nous

faisait croire que nous étions irremplaçables, si précieux que l'on devait nous entourer de soins constants, nous étions un privilège que Dieu accordait à la race humaine, nous étions la voix de Dieu.

ANGELO – Et maintenant cette voix prêche sur une scène branlante de Madison, Wisconsin, accompagnée par un orchestre rompu au swing.

L'HOMME AU SINGE, *à son singe.* – Eh ben Jocko, y en a qui s'croient plus malins que les autres, dans c'taudis. (*Il ricane.*) Dieu ! Ah faut tout entendre… Viens, ça va être à nous.

Il se lève et sort, tenant son singe par la main. Miranda et Angelo se regardent un instant avec stupeur, puis éclatent de rire. Entre Jack Powers, chapeau haut de forme et cape noire sur son costume.

JACK – Pas de doute, l'ambiance a l'air meilleure de ce côté-ci.

MIRANDA – Ça ne s'est pas bien passé ?

JACK – Jenny a bâillé pendant que je la sciais, et c'est à peu près la seule chose qui ait amusé ce cher public. (*Il se tourne vers Angelo avec l'envie évidente d'être présenté.*) Jack Powers, prestidigitateur.

ANGELO – Angelo Baratt, ténor. Je suis le nouveau partenaire de Miranda.

JACK – Et aussi l'ancien, si je ne m'abuse. Les journaux arrivent jusqu'au circuit Orpheum, vous savez.

MIRANDA, *amusée.* – On nous reconnaît, Angelo : c'est un bon point. Nous n'avons donc pas perdu toute notre splendeur passée.

JACK – C'est toi qui l'as introduit ici ?

MIRANDA – Pas du tout. Je suis la première surprise à…

JACK *sèchement.* – Et charmée, j'imagine. Je vais me changer. (*Il s'incline légèrement.*) Monsieur Baratt.

Il sort.

ANGELO – Votre compagnon, je suppose.

MIRANDA, *embarrassée.* – Pas vraiment.

ANGELO – Votre (*Avec un sourire malicieux*), non pas votre nouveau Gerald, mais votre nouvel Angelo.

MIRANDA – À cette différence près qu'il n'y a pas de nouveau Gerald. (*Elle pousse un profond soupir.*) À force de vivre parmi les haltérophiles, les dresseurs de puces, les danseurs pieds-bots, les chanteurs bègues, les humoristes déprimants et les siamois violonistes, j'avais fini par me surprendre à rêver du prestidigitateur, à imaginer son visage s'approchant du mien, lentement, bientôt je pourrais sentir son souffle sur mes lèvres, mais au moment du contact, eh bien… je reprenais au début.

ANGELO – Jusqu'au jour où…

MIRANDA – Ce jour n'est pas encore venu, et je ne suis pas sûre qu'il vienne jamais.

ANGELO – Mr Powers, lui, le croit. (*Miranda fronce les sourcils, contrariée.*) Ne vous en faites pas, je ne risque tout de même pas de m'identifier à un magicien de vaudeville.

MIRANDA – C'est un gentil garçon.

ANGELO – Et que… que devient Gerald ?

MIRANDA – L'ignorez-vous vraiment ? Son mariage a pourtant fait grand bruit. Pensez : mon ancien compagnon consentant à épouser en secondes noces la contralto la plus célèbre du monde, aussi célèbre que les plus célèbres sopranos !

ANGELO – Je l'ignorais. Ce genre de bruit ne parvient pas jusqu'en Amérique du Sud.

Ils fixent intensément deux point indéterminés mais éloignés l'un de l'autre, comme si l'instant était particulièrement solennel. Sifflets et huées en provenance de la salle.

MIRANDA – Nous passons après le singe. Nous chantons deux airs de Puccini, un de Verdi.

ANGELO – *Madama Butterfly, Tosca, Otello.*

MIRANDA – Mais pas les trois de suite. D'abord *Madama Butterfly*, puis nous laissons la place aux danseuses. Nous revenons après pour *Tosca*, passons le relais à l'homme le plus fort du monde et finissons avec *Otello*. Ensuite nous pouvons rentrer dans notre pension miteuse jusqu'au soir.

ANGELO – Je vois. Bon, je vais me préparer.

MIRANDA – Angelo, vous serez peut-être surpris, mais je ne sanglote plus. J'ai trop peur d'être reconnue ou que l'on me prenne pour l'épigone d'une paria.

ANGELO – Croyez-vous vraiment qu'ils ne vous reconnaissent pas ?

Miranda le regarde avec stupeur, puis baisse la tête. Il sort. Miranda se lève et rentre précipitamment dans la loge des femmes. Elle scrute longuement son visage dans le miroir, de très près.

LA PREMIÈRE DANSEUSE – Avec ses vieux vêtements de luxe tout déformés et défraîchis, elle a l'air encore plus déguisée qu'aucun d'entre nous.

LA SECONDE DANSEUSE – C'est au point que personne ne songerait à voler ses bijoux pour s'acheter une ferme dans le Nebraska et en finir avec ce maudit circuit.

LA PREMIÈRE – Sûr qu'y a le mauvais œil sur ces breloques.

Elles se taisent et continuent de fumer. De l'autre côté de la cloison, dans la loge des femmes :

MIRANDA *pour elle-même.* – Je ne m'étais jamais rendu compte que l'on m'entourait de soins particuliers, à l'époque. Je crois que longtemps, j'ai oublié Brooklyn, oublié que l'on ne vit pas de la même façon quand on ne peut pas se décharger de tout effort sur une gouvernante, quand on ne peut pas s'offrir les meilleurs traiteurs, les meilleurs cosmétiques, les meilleurs médecins. Je n'allais pas très souvent chez le médecin, mais c'était le meilleur et il a toujours fait comme si j'étais sa seule patiente. Cette créance seule devait prévenir toute altération de ma constitution. Même si j'avais vécu autrement, longtemps, une tout autre vie où rien n'était jamais acquis, c'était comme si j'étais née cantatrice au Metropolitan Opera de New York et que cela, c'était acquis. (*Un temps.*) Ça ne l'était pas.

Elle entend des applaudissements et quitte la loge au moment où Angelo reparaît dans le couloir. Ils se regardent dans les yeux quelques secondes puis sortent de scène. Paraît Jack Powers en costume, son chapeau sur la tête et une sacoche sous le bras. On entend en fond le duo de Madama Butterfly, « Bimba, bimba, non piangere ». *Jack s'arrête et tend l'oreille.*

La première danseuse – Tu pars déjà, Jack ? Tu ne l'attends pas ?

Jack – Certainement pas. Tu crois peut-être que ce gigolo est vraiment arrivé ici par hasard ? Il y a des dizaines de théâtres dans le circuit Orpheum, et plus d'un circuit dans le vaudeville. C'est elle qui l'a fait venir, et elle a fait renvoyer Will.

Les deux danseuses, *en chœur*. – Quoi ?

Jack – Pourquoi croyez-vous que Will se soit fait jeter à la porte ? Il ne savait pas chanter ? (*Un coup de tête vers le rideau.*) Pas plus mal que celui-là. Elle se permet encore des caprices de star, alors qu'elle ne vaut pas plus que n'importe lequel d'entre nous. Voilà ce qui se passe, si vous voulez mon avis.

La première danseuse – La saleté !

La seconde danseuse – Sûr qu'elle ne l'emportera pas au paradis.

La première – Après tout, qui dit qu'elles ont le mauvais œil, ses breloques ?

Jack sort. Les deux danseuses se parlent à l'oreille, puis frappent à toutes les portes, passent la tête dans les loges et des cris d'indignation se font entendre tout au long du couloir. On entend des applaudissements peu fournis. Les danseuses courent vers le rideau, et sortent. L'instant d'après, apparaissent Miranda et Angelo. Miranda, très tendue, marche devant, mais Angelo l'attrape par le bras. Miranda fond en larmes et se jette contre la poitrine d'Angelo.

Angelo – Allons, vous voyez que vous ne devriez pas essayer de retenir ces sanglots : il faut bien qu'ils finissent par sortir, ils vous sont consubstantiels.

Miranda – Ce n'est pas drôle, Angelo. Vous ne comprenez pas. Je peux vivre cette vie tant qu'aucun des protagonistes de ma vie d'avant n'est témoin de ma décrépitude. Chanter avec vous sur cette scène minable alors que nous avons connu les plus prestigieux Opéras du monde, c'est trop humiliant, trop pitoyable et je ne le supporte pas. J'ai envie de mourir.

Angelo – Tout est ma faute.

Miranda – Mais non ! C'est moi qui vous ai ouvert ma porte, cette nuit-là, qui vous ai ouvert mon lit à des milliers de kilomètres de Gerald.

Angelo – Ce n'est pas ce dont je veux parler. Je veux parler de ce soir. C'est moi qui vous ai cherchée, j'ai souhaité que nous soyons réunis sur une scène, si piteuse fût-elle. C'est vous qui la sublimez.

Miranda – Vous avez auditionné ici en sachant que nous chanterions ensemble ?

Angelo – Je préfère ne rien laisser au hasard : je ne lui fais pas confiance. La vie n'est pas aussi bien faite qu'un opéra, il faut en être tout à la fois le protagoniste, l'adjuvant et le deus ex machina si l'on veut que la trame narrative avance et qu'elle mène quelque part.

MIRANDA – Moi qui pensais que vous me détestiez…

ANGELO – Citez-moi l'un des héros que j'incarne, citez-m'en un seul que la passion ne pousse à pardonner. Pardonner fut beaucoup plus facile que de retrouver votre trace dans ce trop vaste pays. Cinq ans sont passés depuis notre brève aventure et non seulement je ne vous ai pas oubliée, mais ma blessure a cicatrisé sous la caresse de votre souvenir. Votre image était un baume, les échos de votre voix une promesse divine. Maintenant que je l'ai forcé, décidons de notre destin : nous sommes tous deux déchus, mais au moins soyons ensemble. C'est la dernière quête possible pour vous et moi, une quête sublime.

MIRANDA – Mais vouée à l'échec, vous le savez bien. Je vis au long du circuit Orpheum, traînant une pauvre malle dans des trains, entre deux théâtres, deux pensions de famille, entourée de ratés pareils à moi. Les tenancières de pension n'aiment pas les saltimbanques, elles ne leur font pas confiance et les considèrent comme la lie de l'Amérique. Elles nous donnent à manger les os et les arêtes des plats réservés aux familles, aux gens bien, aux gens dignes, elles nous logent dans des réduits sans fenêtres, sans eau, des cagibis tout juste bons pour les punaises. Voilà à quoi ressemble ma vie, Angelo.

ANGELO – L'amour illumine les plus sinistres cloaques, Miranda, *e la beltà delle cose più mire avrà sol da te voce e colore*[*]…

MIRANDA – Ne me dites pas que vous souhaitez partager une telle existence, car en ce qui me concerne,

---

[*] Et la beauté de toutes choses empruntera à toi seule sa voix et sa couleur.

j'aurais préféré que vous ne l'effleuriez jamais. J'aurais voulu, au moins dans l'esprit d'une personne, conserver mon rayonnement d'autrefois.

Angelo – Vous resplendirez toujours à mes yeux, dans toutes les circonstances et dans quelque décor que ce soit, fût-il celui des pensions que vous me décrivez.

Miranda – C'est autre chose. Je peux vivre cette vie seule parce que, ainsi, je ne la vis pas vraiment. Mon esprit n'y est pas. Alors que si nous la vivions ensemble, je ne pourrais pas faire abstraction des matelas jaunis, des légumes ramollis, des compagnons de route édentés aux jeux de mots obscènes, de l'usure et des couleurs passées de mes plus belles robes, et surtout, surtout je ne pourrais feindre de ne pas entendre ma voix s'aplatir et, vulgaire flaque, se réduire au fil des jours, se recroqueviller en pleine lumière. Avec vous, je ne pourrais plus faire semblant. Je serais ancrée au réel par votre regard, votre désir, et chaque fois que je poserais les yeux sur vous, je me souviendrais où nous sommes. Il faut être égoïste et seul pour tolérer la chute, ravaler l'orgueil, prétendre que l'on est quelqu'un d'autre ailleurs, nier les évidences. Seule, personne ne me rappelle que je me mens, que je me fuis, que j'incarne aujourd'hui celle que j'étais autrefois, comme j'incarnais autrefois les plus belles héroïnes. Je ne suis plus ces femmes, je ne suis plus que leur amie. Toutes, je les sens parfois poser la main sur mon épaule ; elles regardent droit devant, le regard fier, à la fois brûlant et glacial, oui, brûlant d'une flamme intérieure qui conjure l'ordre du réel et lui oppose une glaciale dénégation. Elles lui disent, à ce pauvre réel, qu'auprès de leurs impératifs intimes, il n'est rien, et elles refusent de négocier avec lui leur destin. J'ai tenté d'en faire autant, mais je ne suis pas de leur trempe.

Je ne suis pas morte d'avoir échoué, comme la plupart d'entre elles en meurent dans un ultime air déchirant, je me suis seulement étalée de tout mon long dans la fange de l'incompressible réalité, je me suis pliée à ses injonctions. Mais quelquefois, quand je suis assise au bord d'un lit étroit, seule dans une soupente sans charme, dans une petite ville sans charme où je ne connais personne, quand l'évidence de la mort rampe à mes pieds comme une ombre étirée par le soleil couchant, j'entends les voix des héroïnes que je fus, je sens leur main sur mon épaule. L'opéra nous rend plus beaux, plus nobles, jusque dans nos heures pathétiques, l'opéra nous éclabousse de son sublime, que nous absorbons, que nous laissons fermenter en nous, puis que nous livrons à nos sanglots. Mais chacun d'entre nous le fait seul, Angelo. Seul.

ANGELO – Et si nous réfutions cette loi ? Nous pourrions décider de notre réel, nous pourrions lui imposer le panache de nos âmes, recréer dans le plus sordide bouge la splendeur de nos glorieux opus, choisir d'y croire ensemble, envers et contre tous. Ensemble, nous pourrions réussir cet exploit.

Miranda pousse un cri de stupéfaction, puis elle est prise d'un rire dément, elle se tient le ventre et se laisse basculer contre un mur du couloir ; elle rit à s'en déformer le visage et lentement glisse le long du mur. Là, elle rit encore de plus belle. Angelo recule avec effroi, l'observe un moment puis s'éloigne d'un pas lourd. Il sort.

RIDEAU

Légende

New York, le 15 avril 1937

Ma chère Ida,

J'ai assisté hier soir à la première de ma biographie théâtrale et j'ai regretté que tu n'aies pu m'y accompagner, d'autant que tu y tiens le second rôle féminin : autant dire que tu étais mon mezzo-soprano !

Shawn O'Neal a fait le strict minimum pour s'éviter un procès ; si sa pièce est une pièce à clé, la serrure a au moins les dimensions de la scène. Nous nous y appelons respectivement Miranda Calder et Alma Pecanino : dans ton cas, la politesse frôle la provocation... Gabriel, Anselmo, Samson, ma duègne, chacun y trouve son décalque, évoquant, pour qui l'a côtoyé, une grossière contrefaçon.

Il est tellement facile de réduire la complexité humaine à quelques traits comme le fait l'auteur. Sans doute, dans la vie, avons-nous plus souvent l'air de brouillons ou d'esquisses que de personnages fermement dessinés, mais il est heureux que nous ne soyons pas d'un seul bloc immuable. Les Shawn O'Neal de ce monde nous offrent des avatars à leurs yeux plus crédibles que nous ne le sommes et cependant dépourvus de toute épaisseur. Dans sa vision caricaturale, serait-il vraisemblable qu'une femme (pis, une chanteuse, une exécutante) commande à un compositeur renommé une pièce pour voix et orchestre d'après un poème de T.S. Eliot ? Ridicule. Impensable. Shawn O'Neal rétablit l'ordre naturel de ses conceptions simplistes en faisant composer par son Samuel Hatter une série de mélodies d'après Hart Crane, dans le but que Miranda Calder les crée.

Note bien que, dans cette configuration nouvelle, la notion pourtant éminemment dramatique de trahison disparaît. Marisa Vincent / Monica Scott devient ainsi la chanteuse qui sauve l'œuvre du grand compositeur après que l'hystérique et ingrate Miranda l'a délaissé, mis en péril, et finalement abandonné.

Un dramaturge digne de ce nom aurait mieux perçu les échos particuliers du poème original dans mon histoire, et aurait imaginé le moyen de les exploiter. J'avais choisi la dernière partie de *The Waste Land* quelques jours avant que ma vie ne bascule irrémédiablement en un instant, tu t'en souviens sans doute. J'avais fait preuve d'une étonnante prescience :

My friend, blood shaking my heart
The awful daring of a moment's surrender
Which an age of prudence can never retract

By this, and this only, we have existed
Which is not to be found in our obituaries
Or in memories draped by the beneficent spider
Or under seals broken by the lean solicitor
In our empty rooms[*].

J'ai connu un moment d'abandon avec Fernand et je n'aurai pas assez de ma vie pour payer cette excursion dans un monde qui n'était pas fait pour moi, où je

---

[*] « Mon ami le sang affolant le cœur / L'épouvantable audace d'un moment de faiblesse / Qu'un siècle de prudence ne saurait racheter / Nous avons existé par cela, cela seul / Qui n'est point consigné dans nos nécrologies / Ni dans les souvenirs que drape la bonne aragne / Ni sous les sceaux que brise le notaire chafouin / Dans nos chambres vacantes. » (Traduction de Pierre Leyris.)

n'étais pas attendue, pas prévue. Toutefois ces deux semaines volées ont plus de chair dans ma mémoire que les près de quarante ans passés sur le chemin qui m'était destiné.

Ce chemin était de ceux que l'on aménage pour le seul confort de la promenade, que l'on pave et que l'on équipe de bancs et de tables pour le pique-nique, mais qui se contente de ramener le marcheur à son point de départ, après l'avoir fait serpenter dans une nature muette selon un tracé arbitraire. Un pavé après l'autre sous le pied docile. Moi, j'ai vu surgir une biche dans une clairière et j'ai quitté le sentier pour suivre la silhouette furtive et sauvage. Si cette biche n'a pas donné un sens à mon cheminement, elle l'a du moins agrémenté. Elle a même fait bien plus encore : tandis que je déviais de ma voie, j'ai ressenti le frisson de la peur exaltante que procure la liberté. La peur de se perdre rend vigilant, les sens aux aguets. J'avançais pour la première fois avec la pleine conscience de chaque petite chose qui s'offrait à ma perception et à mon entendement.

Pendant les dix ans qu'a duré ma carrière, je n'étais pas vraiment concernée par mon chemin personnel, me projetant plus volontiers dans les héroïnes du grand répertoire. Aujourd'hui, celles-ci continuent de vivre sans moi, hors de moi, relayées par d'autres que moi, tandis que je suis toute à mon propre cheminement. Cela ne me serait jamais arrivé si je n'avais suivi cette biche dans un moment d'égarement, tel qu'en décrit Mr Eliot dans son poème.

Parfois des réminiscences de mon escapade parisienne me font frissonner, comme, d'autres fois, me reviennent inopinément des impressions brèves mais précises de vies antérieures où je m'appelais Tosca,

Norma, Lucia. Elles ne me font plus pleurer, mais je me nourris d'elles.

Bref, tu l'auras bien compris, il n'y a rien dans ce spectacle qui puisse me blesser, en tout cas rien qui le devrait. Pour achever de me rasséréner, Marisa Vincent n'était pas au théâtre Maxine Elliott hier soir. J'imagine, vieille pie que je suis, qu'elle doit être un peu jalouse : après tout, même si elle me présente comme une pauvre femme névrosée doublée d'une ratée, cette pièce part du présupposé que je suis une figure de l'Amérique moderne assez importante pour que le monde se souvienne d'elle dix ans après sa fuite. D'une certaine manière, cette pièce me rend hommage de mon vivant. Que cet hommage grince parfois cruellement ne suffit sans doute pas à consoler Marisa Vincent du curieux honneur qui m'est ainsi fait. D'autant que la pièce était attendue, annoncée comme un événement, auréolée depuis des mois du même scandale que mon nom, se nourrissant de ma flamboyante disgrâce.

Je me dis que si je continue de faire la morte, ma légende vivra longtemps. Je resterai dans l'histoire une cantatrice ayant connu une fin digne d'un opéra. Alors que si je remontais sur scène et mourais vieille, la chair affaissée, la voix fatiguée, empâtée, après un ultime adieu à la Nellie Nelba, crois-tu que ma postérité vaudrait plus qu'un bon mot[*] ?

J'espère que tout se passe bien dans ton école et que la vie à Hoboken te plaît toujours autant. Écris-moi quand tes élèves t'en laisseront le temps. Et viens nous

[*] Allusion à l'expression australienne « *More farewells than Dame Nellie Melba* », apparue après que la cantatrice a fait ses adieux à la scène plusieurs fois, en 1928.

rendre visite un peu plus souvent, New York ce n'est pas si loin. Tu manques, ici ; à ta sœur Luisa, à moi, tu nous manques même beaucoup. Prends soin de toi.

Ton amie, Carlotta

Merci à Laurence Renouf, Olivier Cohen et Nathalie Kuperman pour leur confiance et leur enthousiasme, ainsi qu'à toute la belle équipe des Éditions de l'Olivier.

Merci à ma famille et à mes amis pour leur soutien constant et inconditionnel, en particulier à mes parents, Aline, Claire, Sophie, Mara, Terry Brisack et Carole Fives.

Merci enfin à Céline Foucaut pour sa relecture.

Si encore l'amour durait, je dis pas
Page à Page, 2000

Tu vas me faire mourir, mon lapin
Page à Page, 2001

Éditeur pointu cherche auteur piquant
Page à Page, 2002

Push the push button
Page à Page, 2003

Tout le monde est allongé sur le dos
nouvelles
Page à Page, 2004

La Fin du chocolat
poèmes
Éditions Carnets du dessert de lune, 2005

Je respire discrètement par le nez
poèmes
Éditions Carnets du dessert de lune, 2005

Collier de nouilles
nouvelles
Éditions Carnets du dessert de lune, 2008

L'éternité n'est pas si longue
Éditions de l'Olivier, 2010
et « Points », n° P2955

Holden, mon frère
L'École des loisirs, 2012

Prends garde à toi
L'École des loisirs, 2013

RÉALISATION : NORD COMPO À VILLENEUVE-D'ASCQ
IMPRESSION : CPI BRODARD ET TAUPIN À LA FLÈCHE
DÉPÔT LÉGAL : FÉVRIER 2014. N° 115560 (3002927)
IMPRIMÉ EN FRANCE